CW00487092

cam. 10/06

2/5/2012

29.3.16

Marie Ferranti

La chasse
de nuit

Gallimard

© *Éditions Gallimard, 2004.*

Marie Ferranti est née en 1962 à Bastia. Elle a enseigné la litté-rature avant de se consacrer entièrement à l'écriture. Son premier roman, *Les femmes de San Stefano,* a reçu le prix François Mauriac en 1995 et *La princesse de Mantoue* le Grand Prix du roman de l'Académie française en 2002. Elle vit à Saint-Florent, en Corse.

J'ai appris d'ici que les hommes doivent veiller, garder leur vigilance jusque dans leur sommeil.

Dorothy Carrington

I

Le premier soir de pleine lune, au printemps, nous chassons la nuit, en meute.

Une fois l'an, nous nous retrouvons, hommes, femmes et chiens, sous le grand chêne blanc, près de la rivière. L'eau est la demeure des esprits. Celle des morts qui n'ont pas encore expié leurs fautes et se cachent dans les eaux vives. Ce sont les âmes errantes qui nous appellent dans les rêves. Alors ni le taureau furieux ni le sanglier ni la chèvre égarée ne peuvent nous échapper. Cette chasse de nuit désigne ceux qui vont mourir.

Nous nous présentons face au vent. L'homme aux chiens dirige de la voix la meute et les rabatteurs. Ils attendent sur les hauteurs, débusquent l'animal et le poussent vers nous. Armés de pierres, de bâtons, de fusils, de poignards, nous nous mettons en ligne et la battue commence.

Pour que l'animal ne sente pas l'odeur de l'homme, certains se couvrent de peaux de renards tués moins de huit jours plus tôt, d'autres s'enduisent le visage de sang séché mêlé à de l'huile. Moi, non. Quelques heures avant la chasse, je me prépare soigneusement. Je m'enferme avant le coucher du soleil, me lave et me gratte la peau à la pierre ponce, me rase entièrement la tête et mets des vêtements plus noirs que la nuit, lavés et laissés à l'air libre depuis trois jours.

Avant de commencer la battue, je ramasse un peu de terre, m'en frotte les paumes, en respire l'odeur. Je n'ai ni fusil ni poignard. Mes seules armes sont un bâton, la mazza, taillée dans un sarment de vigne, et mes dents. Je deviens l'animal. Je suis le mazzeru, celui qui frappe et annonce la mort.

Dans le cri de l'animal qui meurt, je reconnais la voix de celui qui a été désigné par le sort, parfois je le vois avant même que l'animal ne soit abattu, autrement, le regard de l'animal mort ne trompe pas.

Il en a toujours été ainsi, jusqu'à cette nuit du printemps 1938. Cette nuit-là, un seul animal fut pris. C'est moi qui l'ai tué. C'était un jeune sanglier. La lutte fut courte et facile. Je n'avais reconnu ni la voix ni la personne dont il n'était que l'enveloppe. Je le mis sur le dos, le fixai dans les yeux : aussitôt m'apparut Petru Zanetti, le jeune docteur, le fils unique de sgiò[1] Francescu, l'homme le plus riche du village.

1. Seigneur.

12

Petru Zanetti s'était installé depuis peu à Zigliaro ; il venait d'épouser la belle Élisabeth Supini, que tout le monde appelait Lisa. Je l'avais connue enfant, mais elle avait grandi à la ville et n'était revenue à Zigliaro que pour se marier. La réputation de sa beauté l'avait précédée. Tout le village avait été convié à la noce. J'avais aperçu Lisa, mais un voile de tulle cachait son visage, je n'avais pas vu ses yeux, aussi l'avais-je oubliée. Je ne pensai pas à elle quand je regardai le sanglier mort, ce n'est que plus tard que je me rappelai que Petru était marié depuis seulement trois mois.

Je n'avais pas à me poser de questions. Tout ce que je savais était que Petru Zanetti était condamné à mourir d'ici trois jours à un an, de mort violente. La blessure infligée au sanglier, le coup de bâton lui ayant fracassé la gueule, laissait présager que Petru aurait le visage abîmé par la blessure et qu'elle serait mortelle.

Cette nuit-là, je suis passé à Zigliaro, devant la maison des Zanetti. J'ai entendu le bruit des tambours : c'était la procession des fantômes pénitents qui annoncent la mort prochaine dans une maison. J'ai entendu appeler « Petru ! Petru ! ». Je savais que Petru ne pouvait s'entendre appeler et je me suis éloigné.

Le lendemain, Agnès Munteso, la rebouteuse, vint me trouver. Elle savait que j'étais mazzeru. Dès mon plus jeune âge, Agnès m'avait pris sous sa protection, m'apprenant à reconnaître les plantes, à interpréter les rêves, à chasser le mauvais sort.

La signora Irena Zanetti avait toléré cette amitié, bien qu'elle fût servante chez eux, car Agnès travaillait comme un homme, ne regardait ni son temps ni sa peine et on ne pouvait rien lui reprocher.

La signora Irena avait aussi accepté, quand Agnès avait perdu son fils unique, qu'elle restât enfermée dans sa chambre et ne vît personne durant des semaines. Irena Zanetti n'était pas sentimentale ; elle savait qu'elle tirerait profit de la gratitude d'Agnès pour la discrétion et la tolérance dont elle faisait preuve à son égard. Quand la vie reprit son cours ordinaire, rien dans l'attitude d'Agnès ne sembla trahir le moindre changement, si ce n'est qu'elle ne quitta plus le deuil : hiver comme été, elle était toujours vêtue de noir.

À soixante-dix ans passés, Agnès s'était retirée dans une petite maison, rachetée, à force de privations et de diplomatie, à trois de ses cousins qui se la disputaient et la lui cédèrent au prix fort.

Il ne se passait pas un jour sans que la signora Irena ne lui demande quelque menu service. Agnès, en souvenir du bienfait accordé jadis, ne refusait jamais. C'est ainsi qu'elle avait lié amitié avec Lisa Zanetti, la femme de Petru.

Ce matin-là, j'étais assis sur le banc de pierre, près du seuil et, comme elle débouchait du sentier de Foscolo, je regardai Agnès qui venait vers moi ; elle avait beaucoup vieilli. Ses cheveux avaient blanchi, son visage paraissait encore plus maigre et pointu. Quand elle se pencha pour m'embrasser, je vis que la peau, près des tempes, était si fine qu'elle semblait colorée de bleu ; les rides, comme des griffures, avaient presque fait disparaître la bouche, mais son beau regard, couleur d'ambre, avait conservé l'éclat de la jeunesse.

Quand elle venait me voir à Foscolo, il était rare qu'Agnès reste sans rien faire. Elle pliait les vêtements, rangeait les provisions, faisait du café. Si elle consentait à s'asseoir, elle sortait de sa poche un chapelet qu'elle égrenait sans cesse ou bien, tandis qu'elle parlait, ses mains, qu'elle avait petites et tavelées, s'agitaient, battaient l'air comme des oiseaux pris au piège.

Ce matin-là, Agnès accepta sans rechigner de s'asseoir dans le grand fauteuil, près de l'âtre. Elle sortit son chapelet, puis le remit dans sa poche et se tint un moment les paupières mi-closes, les mains à plat sur les cuisses.

« Qu'y a-t-il ? Parle ! lui dis-je.

— Lisa Zanetti s'est réveillée au milieu de la nuit à cause d'un bruit effrayant, semblable à celui d'une armée en marche, elle a cru entendre prononcer le nom de son époux. Elle s'est levée ; la nuit était claire ; elle a ouvert la persienne : la rue était déserte. Petru, qu'elle appelait, ne s'est pas éveillé et, au matin, il a persuadé sa femme que c'était un mauvais rêve, mais Lisa était si bouleversée qu'elle est venue me trouver.

— Petru était sourd à toute voix qui appelait son nom et la voix de Lisa a dû se confondre avec celle des morts. »

Agnès resta un moment silencieuse. Elle tisonnait le feu.

« Qu'en est-il, Mattéo, de cette chasse ? L'as-tu vraiment rêvée ? » dit-elle, sans me regarder.

Rien ne m'obligeait à garder le secret.

« Il est rare, dis-je, qu'une nuit s'achève sans que je chasse et tue. La chasse du printemps, comme les autres, peut être rêvée. La plupart des chasses sont rêvées, ce qui n'enlève rien à leur valeur. Parfois, je m'éveille les mains en sang, le visage égratigné comme si je m'étais battu ou étais passé par des chemins pleins de ronces, de sorte que je ne sais plus quelle est, dans ma vie, la part du rêve et de la réalité. Je n'y peux rien. Pour moi, il n'y a pas de frontière entre le jour et la nuit, le sommeil et le rêve, la vie et la mort. Il arrive même que, chassant dans les bois de Foscolo pour mon plaisir, je reconnaisse dans l'animal tué quelqu'un dont la mort est imminente.

— Ce don est bien cruel, dit Agnès.

— Il l'est pour toi, qui ne le possèdes pas. Moi, je ne suis qu'un mazzeru, un simple messager. Je ne porte aucune faute, ne suis tenu à aucun secret et parfois les rêves sont si beaux.

— Je ne peux y songer sans frémir, dit Agnès.

— Les rêves sont souvent stériles et les chasses infructueuses, les chasses rêvées plus encore que les autres, dis-je. Mais la mort de Petru Zanetti est certaine. Il peut mourir d'ici à trois jours ; si cela n'arrive pas, s'il voit l'été, qui sera pour lui le dernier, à peine la bise mordante de l'hiver sera-t-elle passée qu'il mourra de malemort.

— Et Lisa ? dit Agnès.

— Je ne l'ai jamais vue en rêve. Et elle ne m'est pas apparue avec son mari.

— Je ne dirai rien, Mattéo.

— Fais comme il te plaît, Agnès. Pour moi, c'est égal. »

Il en avait toujours été ainsi. Une fois révélé le nom de la victime choisie par le sort, les choses pour moi étaient égales, mais cette fois, rien ne se passa comme à l'ordinaire. Au moment où je parlais à Agnès, je ne pouvais le savoir. Je n'ai que le don du rêve. Celui de prédire l'avenir, je ne le possède pas et n'aurais pas aimé l'avoir. Même maintenant, après avoir vécu toutes ces choses, je ne crois pas que j'aurais aimé les connaître à l'avance ou même les éviter. Il faut vivre ce que l'on doit vivre.

II

Mazzeru, à l'heure où j'écris, plus personne ne sait ce que cela veut dire. Agnès disait que j'étais le dernier mazzeru, mais Agnès n'est jamais sortie de Zigliaro. Se bornant à parcourir les bois, à battre la campagne alentour, elle se vantait d'être allée à Ajaccio une seule fois dans sa vie. Pour elle, le monde avait des frontières étroites et familières et elle ne désirait pas qu'il en fût autrement. Ainsi que vaut le jugement d'Agnès?

Après la guerre de 14, alors que je n'étais qu'un jeune garçon d'une quinzaine d'années, j'ai connu un mazzeru.

Marcu Silvarelli était un homme respecté, le plus grand chasseur du pays ; ses récits de chasse étaient célèbres, mais après la guerre, on ne croyait plus guère en ses prédictions. Il ne restait à Zigliaro que des vieillards, des femmes, des enfants, des hommes au regard perdu.

Tous avaient été touchés par le malheur. La guerre finie, les hommes revenus du front passaient leur temps à chasser. Le gibier était abondant ; les sangliers pullulaient. Ils en ramenaient tellement que l'on ne pouvait tout consommer et la viande pourrissait. Certains jours, il flottait dans l'air une odeur de viande corrompue que les anciens soldats ne détestaient pas. Ils se réunissaient au café et parlaient de la guerre des heures entières. Ils ne racontaient pas des batailles ou de hauts faits. Ce n'était que des histoires de faim, de crasse, de froid qui rongeait les os, de rats crevés, de boue, de cadavres pourrissants dont ils n'arrivaient pas à oublier les yeux vides.

Agnès disait qu'ils n'étaient plus des chasseurs mais des guerriers et leurs chasses étaient des chasses sanglantes. Ils tiraient l'animal comme s'il se fût agi d'un homme ; ils se terraient des heures pour le débusquer, ne le lâchaient pas et parfois s'acharnaient sur la bête au point de n'en laisser qu'une bouillie de chairs écrasées et de poils. Après des chasses comme celles-là, ils rentraient chez eux, ne sortaient pas pendant un jour ou deux, et puis tout recommençait.

Marcu Silvarelli, le mazzeru, les ramena à la raison. Il leur raconta ses rêves. Il raconta les chasses telles qu'elles devaient être et la beauté de ses récits apaisa les anciens soldats. Tout le monde l'écoutait car sa parole remontait à la nuit des temps. Elle avait traversé les siècles, résisté aux invasions arabes, espagnoles, italiennes et françaises, au christianisme et à tout le reste. C'était la parole des hommes chasseurs qui traversaient le monde des vivants et rejoignaient parfois le monde des morts, c'est pourquoi l'on écoutait Marcu Silvarelli et sa voix charmait les anciens soldats comme une musique étrange et familière à la fois.

Eux aussi se mirent à raconter.

Ils ne parlèrent plus de rats ni d'ordures, mais montrèrent aux femmes et aux enfants le déroulement des batailles sur une carte ; ils parlèrent des journées passées à attendre l'attaque qui ne venait pas, des camarades perdus, du vin qui console. Ils indiquaient le nom de la ville, du village, de la rivière ou de la plaine où un ami, un frère, un fils ou un mari était tombé, et ils pleuraient en silence.

Les larmes les guérirent du malheur. Peu à peu, hormis la paresse de certains hommes, qui semblaient hébétés, ou le désir de certains autres de quitter Zigliaro pour chercher fortune dans les colonies, la vie reprit son cours ordinaire.

Mon père fut élu maire ; il ne le resta pas longtemps, mais c'est une autre histoire. On ne parlait plus de la guerre. On disait que Marcu Silvarelli avait perdu ses dons de mazzeru. Il disait que sa parole s'était tarie comme la source de l'*ochju*[1] autrefois. Le fait est qu'il n'annonça

1. L'œil.

plus la mort de personne et on le voyait rarement à la chasse ou au café avec les autres.

Quand Agnès m'emmena chez lui, c'était déjà
un vieil homme. Il se prit d'affection pour moi et
me rapporta comment, au cours d'une chasse,
alors qu'il n'avait guère lui aussi plus d'une quinzaine d'années, il avait vu, pour la première fois,
dans les yeux du sanglier abattu, la mort de l'un
de ses oncles qu'il chérissait tendrement. Marcu
se crut un monstre, pensa perdre la raison. Il faisait des rêves éveillés, voulait rester dans le noir,
n'osant confier à personne son terrible secret.

Pour lui enlever le mauvais œil, on fit venir du
hameau voisin une mazzera, qui reconnut en lui
un mazzeru.

Marcu me dit avoir accepté d'être un mazzeru
comme on se soumet à la fatalité, mais il garda
toujours dans son cœur le regret de cette première prédiction. Elle se réalisa comme il l'avait
vue : son oncle mourut dans l'année.

Ce n'est pas Marcu Silvarelli qui m'initia
à l'état de mazzeru, mais c'est lui qui m'apprit
à chasser.

« Méfie-toi des chasses sanglantes, disait-il.
Elles coûtent plus que la vie d'un homme ; elles
ôtent l'esprit à la communauté tout entière. »

J'ai participé moi-même à une chasse sanglante, mais le temps n'est pas encore venu de le
dire.

III

J'ai vécu seul une dizaine d'années, près du bois de Foscolo, dans un rendez-vous de chasse que mon père avait fait construire. Lui n'y venait pas souvent. Il préférait la ville à la campagne.

Le rendez-vous de chasse n'a jamais été achevé. C'était une cabane composée d'une seule pièce, meublée simplement : un lit étroit, une table, un réchaud ; une petite cheminée pour me chauffer. Les murs étaient peints à la chaux, le sol était en terre battue. L'intérieur était sombre. De l'unique fenêtre, on ne voyait pas le ciel, caché par les branches des grands châtaigniers, qui entouraient la cabane. De mon père, il restait une armoire où il resserrait ses fusils et ses vêtements de chasse, ses bottes de cuir, ses culottes de cheval, dont le velours noir avait viré au violet, et un fauteuil de couleur ocre, bas et large, près de la cheminée, dont le tissu était si usé que l'on en apercevait la trame. Je n'avais rien ajouté à ce décor. Le monde de mon père et le mien se côtoyaient sans se mêler ; il en avait toujours été ainsi.

Je devais reprendre sa charge de notaire, à Ajaccio, mais sa mort, en 1924, a tout bouleversé. À vingt et un ans, j'héritais de tout. Je vendis l'étude, l'appartement, les meubles, quittai Ajaccio et vins m'installer à Foscolo.

Mes amis tentèrent de m'en dissuader. J'étais majeur, fils unique, et libre de faire ce que je voulais. Je suivis donc la pente de mes désirs, sentant que, si je ne le faisais pas, je laisserais ma vie se perdre comme l'eau de la source dans le torrent. Je ne voulais pas travailler et me savais incapable de mener une vie de routine et de contraintes. Mon père m'avait légué des biens et de l'argent ; je n'avais pas à m'inquiéter pour mon avenir, mais j'aurais été pauvre, cela n'aurait rien changé pour moi.

L'immense liberté que la mort de mon père me laissait me consola vite de sa perte. Par la suite, le signe de sa présence à mes côtés revêtit une forme que je n'aurais pas soupçonnée, mais il est encore trop tôt pour en parler.

Mon père ne s'est guère occupé de moi. Ma mère est morte alors que je n'avais pas trois ans. C'est ma tante Nunzia, une vieille fille, qui m'a élevé. Avec elle, mon père était très généreux, sans quoi elle n'aurait pas même daigné me jeter un regard. Elle m'embrassait une fois l'an pour mon anniversaire, et le souvenir du contact de ses lèvres sèches sur mes joues me répugne encore.

Je me suis toujours senti plus proche des serviteurs de la maison que des maîtres. Ce sont eux qui m'ont appris à aimer les chevaux. Je n'en ai plus aujourd'hui, mais j'ai gardé la maison familiale de Zigliaro à cause de l'écurie.

Elle pouvait abriter jusqu'à vingt chevaux. Elle donnait sur une salle d'armes voûtée, dont les murs ont plus d'un mètre d'épaisseur. À l'époque des vendanges, les journaliers, qui venaient de toute la région, y dormaient près des bêtes. Tous les matins, la porte monumentale s'ouvrait pour laisser passer hommes, bêtes et carrioles. Mon grand-père exigeait que l'écurie soit nettoyée et lavée chaque semaine. Deux hommes y étaient employés sous le contrôle d'Hector Giannori, qui avait la réputation de prendre davantage soin des chevaux que des hommes. Mon grand-père aussi. Après lui, les vignes ne furent plus cultivées, on ne vit plus de saisonniers à Zigliaro, mon père transforma une partie de l'écurie et la salle d'armes en caves, qu'il loua pour presque rien. La porte monumentale ne fut plus ouverte ; on découpa une porte si étroite dans un panneau qu'elle permet à peine à un cavalier et à son cheval de passer droit. Hector Giannori et mon grand-père n'auraient pas reconnu en cette salle où régnait la pénombre, partagée en quatre boxes, l'immense écurie ; ils auraient cherché vainement la cheminée dans la salle d'armes où, pour fêter la fin des vendanges, on faisait rôtir un bœuf entier : elle avait été murée.

Memmu, le fils d'Hector Giannori, avait les clés de l'écurie et s'occupait de l'entretenir. C'est lui qui m'a convaincu de chasser les locataires et de faire nettoyer la salle d'armes et l'écurie. Il rêvait de leur rendre leur usage, mais cela m'aurait coûté beaucoup trop cher, et Memmu reconnut avec moi que c'était inutile.

L'écurie a été bâtie en même temps que la maison ; elle flanque le corps principal de cette grande bâtisse nommée Torra nera parce qu'elle a été construite près d'une tour en ruine. Mon arrière-grand-père, Louis Moncale, l'a achetée avec le terrain, le plus beau de la contrée, il y a de cela un peu plus de cent ans. C'est la seule maison qui puisse rivaliser en grandeur et en beauté avec celle de Francescu Zanetti.

Celui-ci n'a jamais eu que mépris pour moi : « Il vit comme un pauvre par caprice, a-t-il dit un jour à ma tante Nunzia. Je préférais l'orgueil de son père. J'y trouvais plus de franchise. »

C'est Memmu qui l'a entendu et m'a rapporté ces paroles. J'allai trouver ma tante ; je me rappelle la conversation que nous eûmes alors : tante Nunzia donnait raison à sgiò Francescu.

« On croirait, dis-je, qu'ils regrettent le temps où nous rivalisions de richesse et de luxe avec eux.

— Aujourd'hui, ils sont les maîtres de Zigliaro. Personne, et surtout pas toi, ne leur dispute ce titre. Si ton pauvre père était encore en vie et voyait à quoi notre famille est réduite...

— Vous ne manquez de rien.

— Ce n'est pas une question de besoin, dit tante Nunzia. Les Zanetti, et moi avec eux, regrettent le temps où les gens étaient *à la hauteur.* »

Elle espérait que j'ouvre la maison, oublie le rendez-vous de chasse de Foscolo, les bois et la chasse qui était toute ma vie. Tante Nunzia savait que j'étais mazzeru, mais jamais ce mot ne s'échappa de sa bouche.

J'ai toujours rempli tous mes devoirs envers ma tante Nunzia, même si je connaissais son ingratitude et sa méchanceté, mais elle ne me pardonna jamais d'avoir refusé qu'elle s'installe à Torra nera. Je ne crois pas qu'elle ait imaginé le tort qu'elle pouvait me faire en me dénigrant. On se détourna de moi ; je passais pour un sauvage. Je l'étais beaucoup moins que la plupart des hommes ; je n'étais qu'un solitaire, entêté de solitude.

Enfin, à cette époque, bien qu'elle le niât, la question d'« être à la hauteur », pour ma tante, se trouvait être une question d'argent.

Je dépensais peu d'argent, non par avarice, mais parce que je n'avais jamais eu l'ambition de vivre comme un riche. Mon enfance m'avait dégoûté de la servitude, pour moi comme pour autrui. Je quittais rarement Zigliaro. Le peu que j'avais vu du monde m'avait convaincu que j'en avais assez vu. La beauté des villes m'étouffait. Je faisais des rêves éveillés ; j'avais des visions qui m'épuisaient.

Ma tante Nunzia disait que ce n'était pas une vie pour un jeune homme de trente ans, mais que savait-elle de la vie ?

Je faisais peur aux jeunes filles ; leurs mères les avaient mises en garde contre moi. On me fuyait. Cela m'importait peu : la plupart de ces jeunes femmes étaient laides, et Angelina Rossi et sa sœur Paule, les seules qui avaient quelque grâce, étaient peureuses. Elles en perdaient tout charme à mes yeux : je n'aime que les femmes altières et sûres d'elles-mêmes. Celles que je voyais quand je me rendais à Ajaccio quelquefois ne valaient rien, sauf Caterina. Je fus tout de suite attiré par sa rousseur et ses yeux clairs.

Ma vie faite de chasses et de rêves, de solitude, de dîners en ville avec mes amis, de nuits de plaisir pris avec Caterina ou d'autres a changé un soir de printemps, deux jours après la chasse de nuit avec les autres mazzeri.

Après la visite d'Agnès, je ne pensai plus à la mort du jeune docteur Zanetti. L'oubli me lavait de l'inquiétude, de la tristesse ou même du remords, qui m'étreignait sans que je sache pourquoi. L'oubli venait avec la fatigue. Je me forçais à veiller pour ne pas rêver.

Au rendez-vous de chasse, les visiteurs étaient rares. C'était loin de Zigliaro. Il fallait marcher longtemps avant d'y parvenir, passer la fontaine aux Quatre-Chemins, couper à travers bois et prendre un sentier à main gauche, malaisé à pratiquer. Je devais puiser l'eau à la source et me ravitailler au village, ce qui m'obligeait à m'y rendre au moins deux fois par semaine, mais j'aimais cet endroit.

Quand elle cueillait les plantes pour préparer ses médecines, Agnès passait me voir. Elle ne venait jamais avant midi. Ce jour-là, quand j'entendis frapper à ma porte, il faisait encore nuit. Ces heures sont propices aux ombres mauvaises ; je m'approchai sans faire de bruit de la porte et l'ouvris brusquement. Je tenais à la main une lampe à huile, qui éclairait faiblement. Je levai la lampe. Lisa, la jeune femme du docteur Zanetti, était devant moi.

Ce qui me frappa dès l'abord, ce fut sa haute taille et son regard. Un regard noir qui me contemplait fixement. Ses narines palpitaient. Elle était essoufflée, ses joues étaient empourprées par la course qu'elle venait de faire.

Nous restâmes un moment face à face. J'entends encore ses paroles comme si elle les prononçait devant moi.

« Agnès m'a dit pour Petru », dit Lisa Zanetti.

Je me détournai. En un instant, je revis l'animal mort et voulus fermer la porte. Lisa m'en empêcha et je n'eus pas la force de la repousser. Avant même que j'aie pu faire un geste, elle était entrée. Je me sentis comme un étranger dans ma propre maison. Je lui fis signe de partir, mais Lisa ne bougea pas.

« Qui vous commande ? Que savez-vous ? dit-elle. Je sais que l'on répand parfois une rumeur qui justifie le crime quand il a lieu. Ensuite, on n'a plus qu'à s'en prendre au mauvais sort !

— Partez, je vous en prie.

— Ce ne sont que superstitions. Le curé me l'a dit.

— Partez.

— Non. Je resterai jusqu'à ce que vous me disiez ce qu'il en est.

— Je ne peux rien vous dire de plus. »

La haine l'aveuglait. Sa lèvre supérieure découvrait ses dents, petites et pointues. Je ne pus soutenir son regard plus longtemps. Je frissonnai. Lisa vit que ma main tremblait ; la lumière de la lampe vacilla.

« Je vous fais peur ? Vous avez peur de moi ? dit Lisa d'une voix sifflante.

— J'ai peur pour vous, répondis-je. Je vous en supplie, partez. »

Je la repoussai doucement. Je craignais de faire un mauvais geste et tremblais si fort que ma voix était mal assurée. Lisa prit cela pour de la faiblesse.

« Moi, je n'ai pas peur, dit-elle. Je suivrai Petru partout. Personne ne pourra lui faire de mal...

— Vous y croyez donc... », dis-je.

Je regardai Lisa. La lumière dessinait des ombres sur son visage, ses bras nus. D'un peigne rouge s'échappaient des mèches de cheveux noirs qui tombaient dans le cou. Lisa se passa la main sur le front, elle semblait en proie à une grande lassitude. Son regard avait perdu son expression mauvaise.

« Vous êtes jaloux », dit-elle dans un souffle.

Elle ramassa ses cheveux, arrangea sa coiffure et, comme si elle se parlait à elle-même, répéta : « Vous êtes jaloux de Petru. Vous avez le même âge que lui. Vous n'avez plus de famille, sauf Mlle Nunzia, qui ne vous a jamais porté dans son cœur. Vous n'avez pas de femme et n'en aurez jamais. Votre lignée finira avec vous. Que Petru soit revenu à Zigliaro a dû réveiller les vieilles rancœurs, les rivalités qui remontent à la nuit des temps. Vous avez toujours haï les Zanetti. Les deux familles se sont toujours détestées.

— Je ne hais personne. Je ne suis pas jaloux de Petru. J'aurais pu être comme lui, mais je n'aime pas ce que vous êtes, je veux seulement être ce que je suis.

— Quel orgueil ! Votre cœur est plein de haine et vous dites ne pas haïr ?

— Je suis mazzeru...

— Mazzeru ! Ça ne veut rien dire ! Ces histoires de rêves, de chasses imaginaires, que sais-je encore ? Ces vieilles légendes sont absurdes. Vous invoquez toutes ces choses obscures que personne ne peut vérifier...

— Elles ne sont que trop sûres et vous le saurez, hélas, assez tôt.

— Épargnez-moi votre pitié. Vous devriez avoir honte. Regardez-vous ! Vous vivez comme un vagabond au fond des bois, vous êtes habillé comme un gueux ! Vous vous adonnez à ces croyances d'un autre âge pour cacher l'affreuse jalousie qui vous dévore...

— Partez. Je suis innocent du crime dont vous m'accusez. Je ne veux pas la mort de Petru, mais ne peux l'empêcher.

— Vous êtes le diable », dit Lisa.

À ces mots, je ne sais ce qu'il advint, le sol se déroba sous moi et je tombai sans connaissance.

Quand je revins à moi, il faisait nuit noire. Je mis longtemps à m'accoutumer à l'obscurité. J'essayai de me lever mais le moindre mouvement m'arrachait un cri de douleur. J'avais la bouche sèche, les lèvres écorchées. Je souffrais atrocement de la soif. Je me soulevai pour tenter de prendre la cruche qui était sur la table, mais elle m'échappa des mains et se brisa. Je lapai l'eau répandue à même le sol et m'endormis d'un sommeil de plomb.

Agnès, qui ne m'avait pas vu depuis trois jours, s'inquiéta de mon absence et vint jusqu'à la cabane.

Elle me trouva gisant, les vêtements en lambeaux, les pieds en sang. Elle rentra à Zigliaro, prit des provisions et des médecines et revint auprès de moi. Elle nettoya les plaies, déchira un linge dont elle fit des bandages et crut que je m'étais blessé avec les débris de la cruche. Elle me dit avoir lu sur mon visage l'expression d'une frayeur dont elle voulut d'abord ignorer la cause.

J'étais très affaibli. Agnès me fit boire du bouillon de viande, des tisanes. Je restai encore trois jours sans pouvoir me lever. La vieille femme ne me quitta pas. Quand elle considéra que j'allais mieux, elle prépara ses affaires pour rentrer chez elle, me fit ses adieux et, avant de partir, demanda : « Tu as vu Lisa Zanetti ?

— Oui », répondis-je.

Agnès revint le lendemain de bonne heure. Elle posa un fer à cheval sur le rebord de la fenêtre et un stylet renversé sur le seuil pour se protéger des ombres mauvaises qui, selon elle, avaient pris possession de la maison. Il n'en était rien, j'en étais sûr, mais Agnès ne voulut pas entrer, elle s'assit dehors, sur le banc de pierre.

« Raconte-moi ton voyage, Mattéo, dit-elle. J'ai les plus grandes craintes pour ta vie. Il me semble que tu troubles les âmes sans savoir comment ni pourquoi toi-même.

— Qu'en sais-tu, Agnès ?

— J'ai refusé dans le temps d'être mazzera ; je ne le regrette pas. Un prêtre m'a baptisée de nouveau et je n'ai plus eu les visions terribles de ces chasses sanglantes. J'ai cherché à faire le bien, à guérir. J'étais la signadora, celle qui enlève le mauvais œil. On venait me consulter de toute la région et même d'Ajaccio. Ce temps est révolu, Mattéo. Aujourd'hui, rares sont ceux qui croient en mes pouvoirs et le jeune docteur Zanetti met en garde ses malades contre moi. Il dit que je suis une vieille folle. Anna-Maria, la fille de Carl'Anto, me l'a répété. Je comprends Petru Zanetti, mais je l'ai connu enfant et il n'a pas le respect. J'ai servi sa famille toute ma vie et je le fais encore. Je suis toujours liée à eux. Lisa, sa jeune femme, m'estime davantage que mes vieux maîtres.

— Lisa, vraiment...

— Oui, Mattéo, mais ne perdons pas de temps. Raconte.

34

— Tout a commencé avec la visite de Lisa. Cette femme ne connaît pas la peur. Elle est venue seule, a su trouver son chemin alors que le jour n'était pas encore levé. J'en connais peu qui auraient eu ce courage. Pas une seule femme ne l'aurait fait, pas même toi, Agnès.

— Ce que tu nommes courage, Mattéo, dit Agnès, c'est l'amour qu'elle porte à Petru, c'est la peur qu'il meure, qui est une peur bien plus grande que d'emprunter la nuit des chemins déserts. C'est cela qui lui donne ce courage. C'est aussi l'ignorance des choses que toi et moi connaissons. Lisa ne venait pas pour toi, Mattéo, elle n'aurait pas pris le moindre risque pour toi. Souviens-t'en. »

J'aurais dû me rappeler les paroles d'Agnès, et elles me reviennent aujourd'hui. Mais, quand elle les prononça, je ne les retins pas, elles glissèrent sur moi comme l'eau de pluie sur les feuilles de la fougère. Je repris mon récit comme si Agnès ne l'avait pas interrompu.

« Jamais personne ne m'avait regardé avec cette franchise. Tu sais qu'on évite mon regard. On craint que je retrouve celui qui m'a regardé, à la chasse, dans les yeux de l'animal mort. Personne non plus, avant Lisa, ne m'avait parlé avec cette rage. Son cœur était plein de haine. Je n'ai pu supporter longtemps son discours. J'ai été pris de tremblements, j'ai senti une torpeur m'envahir, non pas celle qui précède le sommeil, mais celle qui annonce les visions. J'ai supplié Lisa à plusieurs reprises de s'en aller, mais elle ne m'a pas écouté. Elle m'a dit : "Vous êtes le diable." Je me suis effondré et les visions se sont déchaînées. »

Je racontai alors ce qui m'était arrivé.

« Je n'ai pas reconnu le bois de Foscolo, mais je savais que je m'y trouvais. Il n'y avait plus de chemin nulle part. Je ne savais quelle direction prendre. L'horizon était bouché, le ciel se confondait avec la terre. Il y avait une très forte odeur d'herbe mouillée, mais je n'en voyais nulle part, tout avait perdu sa couleur. Je peinais à marcher comme si je gravissais une rude montée. J'étais penché vers le sol, presque à quatre pattes ; je sentais mes membres gourds.

— C'était les sorcières de Foscolo qui appuyaient sur tes épaules pour t'empêcher d'avancer, dit Agnès. L'odeur d'herbe mouillée est le signe de leur présence.

— J'entendis de longs soupirs, des gémissements, des pleurs qui se transformèrent en cris. Je ne pouvais me boucher les oreilles, je hurlai de douleur. Au son de ma voix succéda le silence. Ce silence me pénétra le cœur comme une lame. Je vis les ombres flotter autour de moi sans pouvoir distinguer leurs visages. Mes forces m'abandonnaient, je sentais que mon cœur faiblissait quand une voix aiguë se fit entendre. Elle chantait sur l'air d'une comptine : "Si tu te perds, nous ne te sauverons pas, Trilouliloula. Si tu trahis, tu perdras la vie. Trilouliloula." Cette dernière phrase se répéta comme un écho et je m'éveillai dans l'état où tu m'as trouvé. Que voulaient-elles dire ? Je l'ignore.

— Les sorcières de Foscolo, dit Agnès, te convoitent : tu es le dernier mazzeru. Ceux que tu dis rencontrer, c'est dans tes rêves, Mattéo. Ils sont morts. Ils n'existent plus depuis longtemps. Ils viennent te visiter en esprit...

— Tais-toi !

— Tu ne comprends pas, Mattéo. Tout a changé. La mentalité des gens a changé. Tu es trop jeune pour comprendre et ton père n'a pas fait la guerre. Il n'a rien pu te dire. Remarque, personne ne lui en a voulu ouvertement. Il était riche. À sa place tout le monde aurait fait comme lui. Enfin, ça n'a pas empêché les gens de parler.

— Mon père était myope !

— Ton père était riche ! Il n'avait pas envie de se faire tuer comme son frère Siméon. Il aimait la vie. Il se fichait pas mal de la politique. Il a pourtant été maire de Zigliaro après la guerre. Les gens ne sont pas rancuniers et les riches s'en sortent toujours.

— Que veux-tu dire ? Qu'il aurait dû mourir à la guerre, ou bien avoir honte de s'en être tiré ?

— Honte, sauf le respect que je dois aux défunts, c'est la moindre des choses, mais ton père n'a jamais eu honte de rien et, au fond, il a eu raison.

— Je n'aime pas t'entendre parler ainsi, Agnès.

— On dit qu'une autre guerre se prépare. Mon frère est mort à Verdun. Ce n'est pas le seul. Beaucoup sont morts. Ceux qui sont revenus ne croient plus en rien, beaucoup sont partis vivre ailleurs. Tout a changé. Avant, le mazzeru, c'était quelqu'un, aujourd'hui, personne ne croit plus à nos histoires ; pour tous ce sont de vieilles légendes d'autrefois. On ne veut plus entendre parler de la mort. Lisa, la première, considère tes visions comme une folie. Pour elle, ce sont des croyances absurdes que certains d'entre nous partageons encore par ignorance.

— C'est une femme moderne...

— Qu'est-ce que ça veut dire moderne ? En vérité, Lisa ne peut rien comprendre à tes rêves et à tes chasses. C'est la peur que Petru meure qui l'empêche de rien négliger.

— Elle a été élevée ailleurs. Il faut lui laisser du temps...

— Que sait-elle de cette île ? Tout cela est vieux comme le monde, et le monde aujourd'hui est tout neuf. Personne ne veut plus se retourner vers le passé ; le lien est rompu. La guerre a dévoré les âmes ; notre village est dépeuplé. Je me demande quelle chimère a pu attirer Petru à Zigliaro. C'est peut-être l'orgueil qui l'a poussé à revenir ? Certains croient pouvoir changer le monde... Je ne comprends pas. Petru ne sait même pas notre langue. D'ailleurs, qui la parle encore ? Nous ne sommes plus qu'une poignée à la savoir. Notre temps est passé, Mattéo.

— Lisa...

— Lisa te croit jaloux de Petru, parce qu'il est docteur. Toi aussi tu es savant, mais à ces choses, Lisa n'aura jamais accès, à moins que tu ne l'inities. Mais à quoi bon ? Les médecins la diraient folle. Écoute-moi : tiens-toi à l'écart. Reste quelque temps sans venir à Zigliaro. Je te ferai parvenir le nécessaire. Je me charge d'aller trouver Lisa. Je tâcherai de lui faire comprendre. Ils ont de l'argent. Que ne partent-ils s'installer ailleurs !

— Ça ne changerait rien.

— Le crois-tu vraiment ?

— Petru mourra.

— Ailleurs, Lisa ne pensera plus à la prédiction, elle croira à un accident.

— Il est trop tard pour qu'elle croie autre chose. Tu aurais dû te taire, Agnès, encore que je ne puisse t'en faire le reproche, tu n'y es pas tenue. De toute façon, c'est le destin.

— Je suis fatiguée du destin, Mattéo.

— Pas moi. Je le guette. »

IV

Je n'ai pas écouté Agnès. À peine remis de ma blessure, je suis allé à Zigliaro. Comme je passais le col de Bocca rossa, le village m'apparut, enserré dans les montagnes, borné au nord par le bois de Foscolo, à l'ouest par la colline de Goloso et au sud par la rivière de Fiume santu. Je contemplai les maisons jaunes et grises qui se chevauchent les unes sur les autres, serrées autour de l'église. De l'autre côté de la place, la maison des Zanetti et la mienne se détachaient des ruelles tortueuses. Ceintes de jardins clos de murs, vues de Bocca rossa, les propriétés semblaient des îlots de verdure. La mienne était trop vaste pour que Memmu pût s'en occuper tout seul; il se contentait de réparer ce qui pouvait l'être, mais une partie était laissée à l'abandon.

Je regardai au loin. Quelques cerisiers en fleur illuminaient de leur blancheur de cygne le vert vif des figuiers, rehaussant les taches grises que faisaient les oliviers; les ombres mauves des jardins en terrasse obscurcissaient la couleur ocre des pierres.

C'était la fin de la matinée. J'arrivai à Zigliaro à midi passé. Presque rien ne subsistait de ces paysages charmants que j'admirais de Bocca rossa. La plupart des maisons étaient fermées, les rues désertes, les jardins envahis par les ronces.

Agnès avait raison : la guerre était passée par là. Dans mon enfance, Zigliaro comptait plus de six cents âmes; les terres étaient cultivées; ma famille et celle des Zanetti employaient chacune une cinquantaine d'hommes. C'était eux qui faisaient et défaisaient les élections.

Mon grand-père, Mattéo, fut maire de Zigliaro pendant douze ans, puis ce fut le tour du grand-père de Petru. Après lui, mon père fut élu, mais il renonça à la politique qui, disait-il, lui prenait trop de temps et, en fin de compte, l'ennuyait. Francescu Zanetti le remplaça et personne ne songea plus à s'opposer à lui. Pendant quinze ans, Francescu Zanetti — que tout le monde a toujours appelé sgiò Francescu comme on appelait mon père sgiò Louis — fut le détenteur d'un pouvoir qui n'était plus qu'une coquille vide. On observait des rituels désuets et ridicules pendant que la situation se dégradait avec une lenteur telle que l'illusion d'un pouvoir solide pouvait être maintenue.

Les ravages de la guerre et la pauvreté ont forcé la plupart de ceux qui ont survécu à s'expatrier dans les colonies. Ceux qui sont restés étaient trop vieux ou trop ignorants pour espérer trouver ailleurs une situation. Ils se contentaient de ce qu'ils avaient. On se satisfaisait de ces simulacres de politique ; on pourrissait dedans. On aurait eu du mal à trouver un candidat pour s'opposer aux Zanetti. Moi, personne n'aurait songé à me demander d'être maire, ni à m'appeler sgiò Mattéo, comme mon grand-père. Longtemps, je fus pour tous le fils déchu de la famille Moncale.

Memmu Giannori n'avait jamais songé à partir. Il avait repris la place de son père. Il était intendant du domaine, habitait la petite maison de garde au fond du jardin.

Quand je revins à Zigliaro, je le trouvai dans la cour en train de couper du bois. Memmu était toujours heureux de me voir. Il laissa tout en plan, courut chercher les clés et m'accompagna à l'intérieur de la maison. Je lui demandai de ne révéler à personne que j'étais revenu, n'étant pas certain de vouloir demeurer longtemps à Torra nera.

La maison est très grande. Je l'avais oublié ; j'étais si accoutumé à l'exiguïté du rendez-vous de chasse de Foscolo qu'elle me parut encore plus vaste. Un large escalier mène au premier étage. Je le montai avec difficulté. Ma blessure me faisait encore souffrir. Memmu me proposa son aide, je la déclinai.

« Monsieur Mattéo n'a pas changé », dit-il.

Il voulut, avant de se retirer, ouvrir les volets. Je le lui défendis : je préfère la pénombre. Je me glissai dans chaque pièce comme un voleur. Les meubles étaient couverts de housses. J'imaginais plus que je ne reconnaissais l'aspect des pièces traversées. Une odeur âcre d'humidité et de poussière flottait dans l'air. J'ouvris la porte de la bibliothèque. Une faible lueur entrait par la jalousie des persiennes ; je rêvai un moment devant les vitrines où les livres étaient alignés. J'aurais pu trouver ceux que j'aimais les yeux fermés ; je connaissais la place de chacun d'entre eux. Je m'assis dans le grand fauteuil de cuir, passai le doigt sur les accoudoirs ; le cuir en était usé et aussi doux au toucher que la peau d'une femme. J'eus la tentation d'allumer la lumière, de prendre les clés des vitrines qui étaient dans le grand vase bleu, près de la porte, mais n'en eus pas le courage et sortis de la pièce sans toucher à rien.

Je n'osai pousser la porte de la petite pièce que mon père appelait la « chambre des dames » ; elle servait de vestiaire les soirs où il donnait un dîner. Mon père disait qu'un homme ne pouvait s'y tenir plus d'une minute sans avoir le vertige parce que les murs en sont tapissés de miroirs vénitiens. Je n'y étais jamais entré moi-même sans une certaine appréhension. Toutes les robes de ma mère y sont resserrées.

Antoinette, la femme de Memmu, en prenait un soin jaloux.

Quand j'étais enfant, Antoinette m'avait introduit en secret dans la petite pièce. Elle voulait me faire admirer les soies les plus délicates, les souliers fins et les chapeaux de ma mère. J'en avais été si bouleversé que l'on avait failli renvoyer Antoinette et la chambre des dames m'avait été interdite. Vingt ans plus tard, j'obéissais encore à l'injonction paternelle : je passai devant la chambre sans m'arrêter. Je ne m'arrêtai pas davantage devant les cinq chambres en enfilade de chaque côté du couloir.

Sous les combles, il y a les chambres des domestiques qui n'ont jamais été habitées. Le soir venu, chacun rentrait chez soi, sauf l'été. Quand mon père venait à Zigliaro, il amenait avec lui son personnel d'Ajaccio. « Il était délicat, tenait à ses habitudes : tout le contraire de toi », disait tante Nunzia.

Je restai un moment dans l'une de ces petites pièces, qui ressemblait à une cellule de moine. J'entrouvris la fenêtre qui donnait sur le toit des Zanetti, me penchai et vis, dans le jardin, un homme qui taillait les arbres. Les volets de la maison Zanetti étaient ouverts. Je me réfugiai dans la bibliothèque pour y passer la nuit.

Au matin, Memmu vint aux ordres.

« Pour le moment, je n'occuperai que deux ou trois pièces et coucherai sous les toits, dis-je.

— Pour combien de temps? demanda-t-il.

— Je l'ignore. Quelques jours, une semaine ou deux, tout au plus. »

L'odeur de moisissure, de renfermé, la poussière prenaient à la gorge; je dus me résoudre à ce que Memmu fasse nettoyer la maison. Il employa deux ou trois femmes de peine qui révélèrent ma présence à tout le village.

« On ne parle que de toi », me dit Agnès, qui était venue me voir.

Pendant deux semaines, je vécus en ermite; je ne faisais rien, passais mes journées à lire, espérant que l'envie de vivre à Foscolo me reprendrait. Il advint tout le contraire: je m'installai, fis ouvrir la maison et chargeai Memmu d'acheter un cheval. Il m'avoua alors que sa plus grande crainte avait été que j'achète une automobile et transforme l'écurie en garage, comme les Zanetti. Memmu me convainquit d'acquérir deux chevaux. Lui-même, suivant en cela ma folie dépensière, en prit deux autres pour lui. J'engageai une servante, Dorothéa, qu'Agnès m'avait recommandée.

« Elle est bègue et laide, mais dure à la peine, dit-elle. Tu n'en trouveras pas une plus courageuse dans la région. »

L'ouverture de la maison et l'achat des chevaux occasionnèrent des frais importants; je dépensai plus d'argent en huit jours qu'en deux ou trois ans à Foscolo. Je m'accoutumais à être servi et goûtais alors un plaisir qui m'avait toujours rebuté.

Agnès, quand je lui demandai ce que l'on disait de moi, esquiva la réponse : « Les gens s'habituent à la présence comme à l'absence », dit-elle.

Un après-midi que nous étions au jardin, elle se décida à me poser la question qui lui brûlait les lèvres : « Enfin, Mattéo, pourquoi tous ces changements ? J'ai cru que c'était la folie des grandeurs de tes ancêtres qui t'avait repris, mais c'est un autre genre de folie. Méfie-toi des Zanetti. Tu es innocent. Tu n'y connais rien. Les Zanetti n'ont jamais rompu avec leurs habitudes. Ils connaissent tous les stratagèmes. Ils jouent leur jeu à l'économie, ce que toi, malgré ta réputation d'avare, tu n'as jamais su faire. »

J'aurais dû méditer les paroles d'Agnès, mais défier les Zanetti m'excitait. Il me sembla que tout ce que j'avais appris dans les bois et à Foscolo s'était effacé, comme par enchantement. Je pensai que les sorcières m'avaient jeté un sort. Agnès me fit la prière du mauvais œil, mais je n'étais pas envoûté.

Je ne rêvais pas, ne chassais pas ; je m'ennuyais, mais ne songeais pas à retourner vivre au rendez-vous de chasse. Je n'étais plus satisfait de rien. Je devins orgueilleux.

Memmu ramena les chevaux et vint me chercher pour me les montrer. « C'est une bonne affaire, dit-il. Il y a deux ans, nous aurions payé le double pour des bêtes comme celles-là. »

Les chevaux de Memmu étaient des chevaux solides, noirs, aux jambes courtes et épaisses. Les miens étaient plus grands et d'une couleur claire. L'un avait une robe presque jaune.

« Celui-là, c'est Beau, l'autre, c'est Joyeuse », dit Memmu.

À mon approche, les chevaux, effrayés, reculèrent ; les sabots frappèrent contre le bois des portes.

« Va donc ! » cria Memmu.

Une poussière blonde tournoyait dans l'air.

Les selles et les harnais étaient accrochés au mur. Il y en avait plus de dix, de formes et de couleurs différentes, allant du beige éteint au roux flamboyant. Ils dégageaient une odeur tenace de cuir et de musc. Dans l'obscurité, les clous d'une des selles luisaient.

« C'est une selle arabe, dit Memmu. Monsieur votre père l'a fait faire exprès à Paris pour sa sœur, Mlle Nunzia. Il voulait l'encourager à monter, mais votre tante n'a jamais aimé les chevaux. C'est vous et moi qui en avions profité. Vous vous souvenez ? Neuve, elle était écarlate, maintenant, elle est presque noire. C'est l'usure », dit Memmu en caressant la selle.

Je m'approchai d'un cheval, lui frottai le museau. Ses grosses lèvres sèches me chatouillaient la paume, l'animal me fixait de son grand œil rond, d'un noir bleuté comme les écailles des serpents d'eau que je chassais à Foscolo.

Je pris l'habitude d'aller à l'écurie tous les matins. Les chevaux ne bronchaient plus. Assis sur une botte de foin, les yeux fermés, je humais l'odeur de musc avec délice, retrouvant là une paix oubliée. Memmu me laissait seul un moment. Quand j'entendais la porte grincer, je me relevais : il était l'heure de partir.

« Les bêtes consolent de la méchanceté du monde », avait coutume de dire Memmu, et nous allions ensemble à la cuisine, le cœur content de nous être compris, encore enveloppés de la chaleur animale, de la patience des bêtes et de cette douceur qui porte à rêver et à se taire longtemps.

Tout allait bien par les soins de Memmu et de Dorothéa. Antoinette était malade du cœur et ne pouvait rien faire. Memmu, qui n'avait jamais voulu me tutoyer et m'appelait monsieur Mattéo, n'hésitait pas, s'il avait à faire en ville, à me demander de veiller sur sa femme. Certains jours, elle était si essoufflée qu'elle était obligée de garder le lit.

La maison était propre, toutes les pièces ouvertes. Dorothéa travaillait en silence. Je lui en savais gré. Rien ne m'irrite comme le remuement des chaises et le claquement des portes. Nous ne nous parlions pas, mais Dorothéa semblait troublée par ma présence et attendait que je quitte la pièce pour desservir la table. J'étais habitué à des repas rustiques et à les préparer moi-même. Quand je dînais en ville, je buvais plus que je ne mangeais. Je ne suis pas avide ni gourmand, mais je n'ai pas le goût corrompu et fais mes délices d'un peu de lait frais, de fruits, de viande ou de poisson grillé. La cuisine trop riche de Dorothéa me gâtait l'estomac. Je lui demandai de me faire des repas simples. Elle vit sous ces reproches futiles des motifs plus graves et courut au désespoir chez Agnès, qui vint me trouver. Je dus m'expliquer. Agnès le fit à son tour à la servante, qui n'osa plus me regarder. Elle fuyait à mon approche. Ses manières m'agaçaient. Je l'ignorais et finis par oublier sa présence.

Tante Nunzia, voyant de si grands changements, espérait en tirer quelque bénéfice. Elle vint me rendre visite. Elle me félicita d'avoir repris mon rang, proposa son aide pour gouverner la maison, voulut s'y installer sur l'heure. Je refusai tout net. Je ne savais pas combien de temps j'y demeurerais ; il était inutile de faire ces bouleversements alors que demain je pouvais partir. Elle se plaignit de l'état où je la réduisais, comme si elle était victime de la plus grande injustice du monde.

« Vous n'avez à vous plaindre de rien, ma tante, lui dis-je. Vous tenez votre rang. Beaucoup se satisferaient d'habiter cette jolie maison que je loue pour vous et d'avoir deux domestiques à leur service, qui se plient à tous vos caprices, m'a-t-on dit.

— Est-ce Agnès qui colporte ces ragots? dit-elle.

— Agnès n'a que faire de la manière dont vous traitez les domestiques. Elle n'y est que trop habituée. Je lui reprocherais même plutôt de vous approuver que de vous en faire le grief.

— Mais enfin, qu'as-tu contre moi? dit-elle. Je t'ai élevé comme une mère! »

Je sentis l'impatience, puis la colère me gagner.

« Partez d'ici! dis-je d'une voix sourde. Partez et ne revenez pas avant que je vous fasse appeler. »

Elle ramassa en hâte son chapeau et ses gants et sortit. Dorothéa se tenait dans l'embrasure de la porte, tante Nunzia la poussa pour qu'elle lui cède plus vite le passage.

Un peu plus tard dans l'après-midi, je remontai dans ma cellule. Dorothéa faisait le lit. Elle balbutia quelques mots que je ne compris pas. Je la fis taire d'un geste. Elle me regarda, les larmes jaillirent de ses yeux. Je me surpris à noter qu'ils étaient beaux, d'un bleu délicat dont les larmes

51

rehaussaient encore l'éclat; ils contrastaient avec sa figure noiraude. Je regrettai ma brusquerie et lui tendis un mouchoir qu'elle ne voulut pas prendre; je le posai sur le lit et sortis de la pièce, mécontent d'elle et de moi.

La bêtise, le mépris, la hauteur des tiens, me dis-je, s'emparent de ton esprit. Tu dois te reprendre, retourner vivre à Foscolo. Cette vie que tu as toujours refusée, tu ne dois pas la faire tienne à présent.

Je ne suivis pas cette sage résolution. J'avais toujours à l'esprit les yeux noirs et le visage dévoré d'ombre de Lisa Zanetti.

V

Tant que je m'étais borné au nécessaire, j'avais dépensé peu d'argent. Après que je me fus installé à Zigliaro, je ne vécus que pour mon plaisir; j'étais difficile, comme tous ceux de ma race. J'avais deux chevaux, en entretenais quatre. J'entrepris des réparations nécessaires, des embellissements qui l'étaient moins et coûtèrent beaucoup; je fis renouveler ma garde-robe et dépensai sans compter. Je dus, plus tard, me résoudre à revenir à une plus grande simplicité, mais elle n'était plus méditée et voulue, elle était obligée, ce qui change tout.

Je fus pris de la manie de l'ordre, résolus d'en mettre dans la bibliothèque et découvris, cachés derrière les livres, de petits carnets de cuir noir qui se fermaient avec un élastique.

J'ouvris les carnets et reconnus aussitôt l'écriture fine et penchée de mon père. Ce n'était que des citations recueillies au hasard de lectures, des listes de choses à faire ou à ne pas oublier.

Le premier carnet s'ouvrait sur une phrase tirée des *Apophtegmes des sept sages*, de Démétrios de Phalère. Ce sont ces simples mots : « Tiens ta langue. »

En corse, « Tiens ta langue » signifie aussi « N'en perds pas l'usage ; prends-en soin comme d'une chose luxueuse et rare ». Sur ce point au moins, j'aurai obéi à mon père. Pas un mot de français avec Memmu, Agnès et Dorothéa. Je tenais ma langue. J'usais de cette langue qui recèle les secrets qu'on ne veut pas faire entendre aux autres.

Puis, quelques lignes plus loin : « Dans *Le Rouge et le Noir* le père de Julien traite son fils de "chien de lisard". Prévenir Mattéo contre le mauvais goût de sa tante ; goût convenu, exécrable et si commun qu'il puise sa force dans cette vulgarité même, qui est, pour beaucoup, le gage de sa justesse. »

C'est la seule chose me concernant que j'ai trouvée dans tous les carnets. Mon père ne m'en a jamais parlé ; il a toujours défendu tante Nunzia devant moi. L'avoir écrit lui suffisait. Mon père était un égoïste qui n'avait qu'un seul regret : n'être pas assez riche pour donner davantage libre cours à son extravagance. Il répétait à l'envi qu'il aurait été le prince le plus prodigue de la terre, si le hasard l'avait fait naître prince.

« Ici, la plupart des gens méprisent la beauté et l'art, par ignorance mais aussi par philoso-

phie, ils les tiennent pour des futilités super-
flues », avait-il coutume de dire.

Quelque temps avant sa mort, il me confia
qu'il avait aimé ma mère parce qu'elle avait en
tout un goût exquis. « Personne, sauf elle, n'a
compris l'intérêt de mes collections. À ma mort,
avait-il ajouté, tu en feras ce que tu voudras. »

Ces collections qu'il avait gardées à Torra
nera, par peur, disait-il, de la ville et de ses
voleurs, se défiant même de ses amis, tous ces
objets, dont il avait noté avec soin à qui ils
avaient appartenu, leur forme, leur défaut, leur
prix, je n'en ai rien fait. J'ai laissé dans leurs
tiroirs les images anciennes, les dessins, les gra-
vures, les cartes à jouer, les pièces de tissu rare,
les bijoux, les dizaines de médailles de la Vierge
qu'on accroche à l'intérieur des vestes avec une
épingle de nourrice.

Il m'arrivait quelquefois de les admirer en
secret, comme si j'eusse commis une faute de le
faire au grand jour.

À cette époque de ma vie, je fis tout pour
ressembler à mon père. Je quittais souvent
Zigliaro pour Ajaccio où je donnais des dîners
et des fêtes à des amis stupéfaits et ravis de cette
métamorphose ; ils étaient habitués à plus de
mesure.

Lors de l'un de mes séjours, je consultai mon
notaire, maître Andréani, un ami de mon père.

Je voulais vendre la colline de Goloso. Il me mit en garde.

« J'ai vu des fortunes plus grandes que la vôtre s'envoler de la sorte, dit-il. Vous cédez la terre et demain la maison. Votre défunt père, qui a connu des heures sombres à cause de sa folie du jeu, a toujours préféré emprunter à ses amis qu'à la banque et il se méfiait des notaires, sauf de moi et de lui, comme il aimait à le dire...

— J'aurai toujours mon rendez-vous de chasse de Foscolo, répondis-je.

— Prenez garde qu'il ne soit englouti avec le reste. »

Je passai outre à ses recommandations. Maître Andréani vit qu'il ne pouvait me raisonner ; il n'insista pas et promit de faire pour le mieux.

Cette colline de Goloso, qui faisait la fierté de mon grand-père et de mon père après lui, les Zanetti la convoitaient depuis toujours et les Moncale s'étaient juré de ne jamais la leur céder. Sgiò Francescu apprit, non de moi, mais de mon notaire, qu'elle était en vente. Agnès me dit que c'était une forme de déclin, malgré le renouveau apparent de ma maison, mais je ne l'écoutais pas non plus. J'étais pris d'une frénésie que rien ne pouvait arrêter et j'avais des raisons plus obscures, que je tus.

Le seul moyen pour me rapprocher de sgiò Francescu était d'aller tous les dimanches à la messe. Lisa s'installait au premier rang, à la place réservée à la famille Zanetti. Je laissais vide le banc réservé à ma famille : il ne servait plus depuis longtemps ; je restais dans le fond de l'église.

Toutes les femmes avaient la tête couverte. Lisa nouait dans ses cheveux un foulard de couleur vive. Quand elle s'agenouillait, je voyais ses épaules étroites prises dans une blouse de soie jaune, rose ou verte, qui faisait des plis plus sombres au creux des aisselles et à la taille. Au moment de la communion, j'avançais dans la nef, arrivais à sa hauteur. Lisa se dégantait, défaisait le petit bouton de nacre qui enserrait le poignet, tirait sur le gant d'un geste sec. En regagnant ma place, je la croisais ; elle glissait sur des ballerines de cuir noir. Je fermais les yeux et n'entendais plus le bruit des talons qui frappaient le sol, mais le doux frottement du cuir sur le pavement de marbre et le bruissement de la soie qui craquait à chacun de ses mouvements. Ces images, ces impressions furtives me poursuivaient longtemps.

Je m'impatientais de la lenteur que mettait sgiò Francescu à s'intéresser à la colline de Goloso et reprochai à mon notaire son manque de zèle pour la réussite de cette affaire.

« On sent bien, dit maître Andréani, que vous n'êtes pas accoutumé à ce genre d'homme. Il ne donne pas signe de vie pour vous laisser penser que son intérêt est moindre que celui que vous imaginiez. Il y viendra, soyez-en sûr. Quand? Je ne puis le dire. Pour moi, j'ai fait tout ce que je devais faire. Il ne vous reste qu'à patienter. »

Maître Andréani avait raison. Un dimanche, à la sortie de la messe, sgiò Francescu m'aborda par ces mots : « Faisons cesser nos vieilles querelles. Venez déjeuner. Nous parlerons. »

Agnès était là. Je la regardai. Elle baissa les yeux, n'osant trahir son maître, mais je connaissais sa pensée.

« Un déjeuner dans le jardin, en toute simplicité », continua sgiò Francescu. Il se tourna vers Agnès et lui demanda de faire le service. Agnès accepta. J'en fis autant et remerciai poliment sgiò Francescu.

Je rentrai chez moi, Agnès ne tarda pas à me rejoindre :

« Je ne peux rester qu'un instant, dit-elle, mais ne veux pas te laisser dans l'ignorance : il faut que tu saches ce que les Zanetti pensent de toi. Ils te méprisent. La signora Irena s'est étonnée que tu sois si bien élevé. Ils te prennent pour un sauvage et Mme Lisa a dit qu'elle espérait que tu les amuserais. *Tuttu l'amore vene da l'utule*[1], Mattéo. Ne romps pas cette inimitié, qui n'est pas si mauvaise. Pourquoi te contraindre à obliger des gens qui ne te sont rien ? »

1. Tout l'amour vient de l'intérêt.

Je ne répondis pas. Ce qu'Agnès m'avait rapporté ne fit qu'exciter ma curiosité. Je n'attendais plus que le moment de me rendre chez les Zanetti. Tout le reste de la journée se passa à la préparation de la tenue du déjeuner du lendemain. Les vêtements que j'avais commandés n'étant pas arrivés, comme nous avions la même taille, je cherchai dans ceux de mon père un costume clair et léger qui pût m'aller.

À la nuit tombée, je sentis une inquiétude m'envahir. Elle ne fit que grandir avec l'obscurité. Je pris un livre, mais mon anxiété était si forte que je ne pouvais lire. Quand dix heures sonnèrent, je n'y tins plus et partis pour Foscolo. Beau connaissait le chemin. Je parvins à la cabane en moins d'une heure.

Je me changeai, pris la mazza. J'étais dans une rage folle. Je humai le vent, suivis le chemin de terre que je savais être le passage habituel des sangliers, gravis la colline qui mène à la source verte et me postai. Je n'eus pas longtemps à attendre. J'entendis le bruit sourd de l'animal qui approche. Le sang me battait aux tempes. Tout soudain, j'entendis le souffle rauque du sanglier : il était à deux pas de moi. Je retins ma respiration, levai le bras, un grand silence se fit et le sanglier fut devant moi. Au dernier moment, il changea sa route, s'arrêta, souleva avec sa hure une motte de terre qui lui faisait obstacle, se tint encore un instant immobile et reprit sa course. Il me frôla les jambes, je frappai un coup terrible. L'animal poussa un grogne- ment et s'enfuit. Il n'alla pas loin. La nuit était claire. Je suivis ses traces sur une centaine de mètres. Quand je fus sur lui, l'animal respirait encore ; il était sur le flanc. Je m'approchai, le touchai du bout de la mazza, il tressaillit, mais ne parvint pas à bouger et encore moins à se mettre sur ses pattes. Il haletait. De l'écume blanche s'échappait de sa hure sanguinolente ; ses soies dures et grises étaient hérissées tout le long de l'échine. C'était un vieux sanglier, l'un de ceux que l'on appelle les solitaires. Je levai la mazza, c'est alors que je vis ses yeux ; je reculai et m'en- fuis, laissant la bête agoniser. Je n'avais ni la force ni le cœur de retourner l'achever. J'eus du mal à regagner la cabane. La mazza était tachée de sang et fendue par le milieu. La bête mettrait longtemps à mourir, l'homme aussi.

Un peu avant l'aube, je rentrai à Zigliaro. Je ne me couchai pas. Au matin, je me lavai à grande eau, mais il me semblait que l'odeur de la bête blessée me collait à la peau. Je changeai deux fois de chemise. Rien n'y fit. Dorothéa, que j'appelais sans cesse, ne savait plus quoi faire. Je finis par lui demander si elle sentait dans la pièce une odeur particulière. Elle regarda autour d'elle et fit non de la tête. Je lui dis alors que c'était de moi qu'il s'agissait. Dorothéa rougit et, sans me regarder, fit encore non de la tête.

Sur le coup de midi, j'arrivai chez les Zanetti. J'étais le premier Moncale depuis au moins trente ans à mettre le pied dans ce jardin, voisin de quelques mètres seulement du mien.

Durant tout le déjeuner, Agnès fut d'une grande distraction ; elle faillit renverser un plat. La signora Irena lui en fit le reproche d'un ton aigre.

« Tu vieillis, Agnès.

— Oui, madame », répondit Agnès d'une voix lasse.

Lisa et Petru se mirent à rire et la signora Irena laissa Agnès tranquille.

Malgré mes efforts, je ne pouvais sortir de la torpeur où me plonge la grande rêverie qui suit toujours la chasse nocturne. La présence de Lisa m'était indifférente. Je ne voyais rien, touchais à peine à la nourriture. La signora Irena m'en fit la remarque, mais un geste de son mari lui signifia de ne pas insister. Elle ne dit plus un mot de tout le repas. Moi-même, je parlai peu. Ce furent Lisa et Petru qui entretinrent une conversation mourante que chacun avait hâte de voir s'achever. Au visage soucieux de sgiò Francescu, je devinai qu'il croyait que l'affaire ne se ferait pas. Enfin nous bûmes le café, je retrouvai mes esprits ; la conversation porta sur un meuble que je voulais acquérir, un secrétaire ayant appartenu à une femme très riche et de mœurs, disait-on, légères. Le meuble était plein de tiroirs secrets ; une des clés en était perdue. Il faudrait briser le tiroir si on voulait l'ouvrir.

« Que ferez-vous ? dit Lisa.

— Que feriez-vous à ma place ? dis-je.

— Je le briserai.

— Cela demande réflexion, repris-je. Si la clé avait été perdue par inadvertance ? Le meuble serait abîmé pour rien. Et si le secret que je découvre était trop lourd à porter ?

— Mais vous êtes mazzeru ! » s'exclama Lisa.

Tous les regards se tournèrent vers elle. Lisa pâlit.

« Excusez-moi », dit-elle.

Sgiò Francescu se leva aussitôt et m'entraîna à l'intérieur de la maison. Le piège était prêt à se refermer sur moi, mais je n'en étais pas dupe, comme le croyait Agnès, et cela m'était égal, comparé à ce que je savais.

Sgiò Francescu et moi tombâmes d'accord sur le montant de la vente. Il était bien au-dessous de la valeur réelle et sgiò Francescu ne pouvait l'ignorer. Il chercha à dissimuler sa surprise, mais ne put s'empêcher de dire : « Vous paraissez pressé de vendre. Je ne veux pas me mêler de vos affaires, mais... » Je l'interrompis : « Alors, sgiò Francescu, ne le faites pas.

— Vous avez raison, voisin. Eh bien, nous voilà d'accord. »

Nous nous serrâmes la main. L'affaire était conclue. La seule condition que je mis à la vente était qu'elle se fasse rapidement. Mon notaire avait tout préparé, il suffisait d'aller signer à Ajaccio, ce que nous fîmes quinze jours plus tard, le 12 juin exactement, la veille de la Saint-Antoine.

En cédant cette terre magnifique à ce prix, je me donnais l'illusion que les Zanetti étaient mes obligés. Je redevenais le seigneur de Zigliaro. Se défaire de Goloso, c'était les mettre à ma merci. Mon père n'aurait peut-être pas vu avec l'hostilité que lui prêtait mon notaire cette vente insensée. Il aurait compris que je cédais la colline pour reconquérir un territoire bien plus important : je voulais redonner du lustre à Torra nera, à quelques mètres de ce qui avait été jusque-là le fief des Zanetti. Mes intentions n'étaient pas pures. J'avais compté sur l'avidité de sgiò Francescu. J'avais réussi. Seule Lisa avait compris que mon sacrifice était calculé. Après mon départ, Agnès m'avait rapporté qu'une vive discussion l'avait opposée à son beau-père et à son mari : elle était contre l'achat de Goloso.

« Ce ne sont pas des affaires de femme », avait dit sgiò Francescu et Petru l'avait approuvé.

Agnès ne me fit pas le reproche d'avoir vendu Goloso, mais elle dit : « Moi non plus, je ne l'aurais pas achetée. »

Quelques jours après que nous eûmes signé chez maître Andréani, dans le milieu de la journée, Memmu vint m'annoncer que sgiò

Francescu avait eu une violente attaque d'apo-
plexie.

« Il sera long à mourir », dis-je.

Memmu se signa et sortit sans un mot.

Le lendemain soir, j'étais dans la bibliothèque, Dorothéa toqua à la porte et me fit signe
de la suivre. Lisa Zanetti m'attendait dans le ves-
tibule. Elle était encapuchonnée dans un grand
manteau gris qui m'empêchait de voir son
visage. C'était la seconde fois qu'elle venait me
trouver.

Si Lisa avait été une Zanetti, je l'aurais ren-
voyée. J'étais trop accoutumé depuis l'enfance à
les haïr, mais c'était une étrangère. Les circonstances ne se prêtaient guère à faire amitié, mais
je ne pouvais faire grief à Lisa de querelles ances-
trales dont j'ignorais l'origine, si ce n'est une
rivalité et un goût du pouvoir immodéré, qui ont
toujours empoisonné les relations de ma famille
avec la sienne. Non, je ne pouvais renvoyer Lisa.
J'étais trop curieux de savoir ce qu'elle pensait et
j'étais aussi curieux d'autres choses, celles-là
inavouables.

Dorothéa nous laissa et s'en fut se coucher. Je
m'approchai de Lisa. Nous restâmes un moment
silencieux. Je n'osai l'inviter à entrer. C'est elle
qui s'avança. Je lui ouvris le passage et la condui-
sis au salon. Lisa enleva sa cape et refusa de s'asseoir. J'allumai le lustre, Lisa mit la main devant

ses yeux ; je vis qu'ils étaient gonflés de larmes. J'éteignis le lustre et allumai des lampes qui nous laissèrent dans la pénombre. Quand elle parla, sa voix me parut changée ; elle semblait plus rauque.

« Avec vous, dit-elle, a commencé la ruine de notre famille. En vous rencontrant, alors qu'il croyait triompher de vous, mon beau-père s'est mis entre vos mains.

— Je lui ai cédé la colline à la moitié de sa valeur. Que voulez-vous de mieux ? » répondis-je.

Je regrettai aussitôt ces paroles.

« Pourquoi avoir fait ce cadeau à une famille ennemie de la vôtre depuis toujours ? dit Lisa. Si j'en crois mon beau-père, la colline a toujours été pour vous, les Moncale, un motif d'orgueil. En outre, les Zanetti ont les moyens de payer ce qu'ils achètent et vous les moyens d'attendre. D'ailleurs, votre tante crie à la trahison.

— Ma tante feint d'apprécier les Zanetti pour me dénigrer à loisir ; elle balance entre ces deux partis, vous haïr ou me haïr, sans se décider à en prendre aucun dans le même moment.

— On dit que votre fortune n'est pas négligeable, vous ne pouvez être réduit à cette condition en quelques mois et on ne cède pas le joyau de son héritage sur un coup de tête. C'est un acte mûrement réfléchi. Je me demande seulement pourquoi vous faites ce sacrifice.

— Ai-je des comptes à vous rendre? J'ai fait affaire avec votre beau-père. Il en est content. Moi aussi. Que demander de plus? Êtes-vous venue dans ma propre maison pour me reprocher de vous avoir fait conclure à vous et aux vôtres la meilleure affaire qui puisse se faire à cent lieues à la ronde? »

Lisa hésita un instant; je vis qu'elle faillit partir, mais elle ne lâchait pas si facilement prise, j'eus maintes occasions par la suite de m'en apercevoir.

« Vous saviez qu'il allait mourir. Vous l'avez rêvé? demanda-t-elle.

— De qui parlez-vous? » eus-je la cruauté de lui répondre.

Lisa se mordit la lèvre et, me jetant un regard qui me fit rougir, dit : « De sgiò Francescu, mon beau-père.

— Non.

— En êtes-vous certain? » dit Lisa en me regardant fixement.

Je soutins son regard sans ciller et répétai : « Non.

— Alors, reprit-elle doucement, vous pourriez vous être trompé pour Petru...

— Je ne me suis pas trompé. C'est Petru que j'ai vu. »

Lisa baissa la tête, murmura : « On m'a dit que certains mazzeri peuvent éviter la mort à leur victime, en s'interposant. Je vous en prie... »

Ces derniers mots furent presque inaudibles.

« Je ne connais ni l'heure ni le lieu, mais chasse rêvée ou pas, de la mort annoncée à la mort réelle, il peut s'écouler de trois jours à une année, pas davantage. Je ne peux rien pour vous. Par deux fois vous êtes venue me trouver. Ne m'importunez plus.

— Si vous le faites, je suis à vous.

— Est-ce ainsi que vous aimez ? » dis-je dans un souffle.

Je regardai Lisa. Elle était de profil. Je voyais le nez droit, les paupières bombées, le cou long et gracile, la chevelure d'un noir presque bleu, retenue par un grand peigne d'écaille, qui lui découvrait la nuque. Il y avait dans sa beauté le raffinement d'une grâce délicate et ancienne. Elle resta un moment ainsi, la tête inclinée, les paupières presque closes. Je la croyais à ma merci. Je me trompais ; cette pose m'avait abusé ; elle évoquait les tableaux des maîtres anciens, de vierge soumise et pure. Lisa n'était rien de tout cela, mais cette impression laissa en moi une trace durable. Je me tus et décidai de ne plus voir Lisa. Je crus que c'était la dernière fois, ce soir-là, que je l'avais vue en tête à tête.

VI

Pâques approchait. Dès le jeudi saint, les cloches s'étaient tues. Le prêtre avait attaché ensemble les cordes, quiconque les aurait touchées aurait commis un sacrilège. Les enfants de chœur, en aube blanche, couraient dans Zigliaro et dans les alentours, en faisant tournoyer les crécelles pour annoncer les offices.

J'étais chez Antoinette. Memmu m'avait demandé de veiller sur elle, il devait s'absenter pour la matinée. Il était inquiet pour sa femme; il disait que ses lèvres bleuissaient tout à coup et qu'elle suffoquait. Petru, consulté, n'avait pas caché qu'il craignait le pire, mais ce matin-là Antoinette se sentait plutôt mieux. Elle me demanda d'appeler les enfants. Ils entrèrent dans la maison comme une nuée de moineaux; ils apportaient avec eux la fraîcheur du dehors; ils avaient les joues rougies par la course, le souffle court, ils s'assirent un instant. On se reposa alors du bruit des crécelles. La tête en bourdonnait encore et le silence était bienfaisant; on en soupirait d'aise. Antoinette donna aux enfants une friandise, un verre d'eau, et ils reprirent leur course à travers les ruelles, tout bruissants de leur étrange musique.

Le jeudi saint était triste. Les enfants de chœur étaient les seuls à en profiter. Enfant, je les enviais. Tante Nunzia ne m'avait jamais permis de courir les rues. Je restais enfermé à la maison. À la veillée, on ne parlait plus. Je n'avais pas même le droit de chuchoter avec Memmu. Tante Nunzia nous reprenait sévèrement : « Le Christ se meurt ! disait-elle. Faites silence. »

Memmu rentra vers une heure. Il me garda pour déjeuner. Il voulut aller chercher Dorothéa, mais je refusai. Le repas fut frugal et silencieux. L'après-midi, je me rendis à l'église. Les femmes portaient les plus belles veilleuses qu'elles possédaient; les plus démunies apportaient de l'huile pour les remplir. On déposait les veilleuses au pied du sépulcre ; certaines, très grandes, sur pied et en laiton, brillaient comme de l'or.

Les veilleuses brûleraient trois jours et trois nuits. Les vases étaient ornés de branches d'olivier et de buis. La signora Irena, pour perpétuer une tradition à laquelle son mari n'avait jamais failli, fit apporter des bottes d'œillets rouges de la ville. Les fleurs trempaient dans deux grandes bassines dehors. On ne les disposait dans les vases que le vendredi saint, à midi passé, quand le Christ avait expiré.

Ce vendredi saint, le temps était doux ; le printemps s'annonçait beau. J'étais allé à Foscolo passer la journée et, le soir, je me joignis à la foule des pèlerins de Mincu, le hameau voisin, qui se rendaient en procession à Zigliaro. On ne voyait que les silhouettes des grands arbres qui se découpaient dans l'obscurité et les maisons trapues, écrasées dans l'ombre. Les lumières étaient éteintes ; seules des veilleuses rouges étaient posées sur les rebords des fenêtres. À l'intérieur des maisons, ceux qui ne pouvaient se rendre à l'église veillaient eux aussi, dans le noir.

Tout le long de la route, les femmes en marchant disaient le rosaire, un cierge allumé à la main. Je suivais ces petites lueurs mouvantes qui tremblaient dans la nuit. Je pensais à Lisa, je jouissais de la tiédeur de l'air, de l'odeur légère de la terre détrempée et des fleurs sauvages.

Quand je pénétrai dans l'église de Zigliaro, il me sembla entrer dans une nuit plus noire que la nuit. L'église était plongée dans la pénombre. Il flottait dans l'air un parfum d'œillets. Il y en avait partout ; l'église en était remplie. Seules les veilleuses étaient allumées ; on avait mouché les cierges. Le sépulcre était couvert d'un grand drap blanc, qui figurait le linceul. La lueur des veilleuses qu'on avait mises sous l'autel laissait deviner l'ombre de la statue du Christ mort, la tête renversée, la bouche ouverte, les pointes noires de la couronne d'épines.

En signe de deuil, les tableaux, les statues des saints et la grande croix étaient recouverts d'un tissu mauve. La croix était déposée au pied de l'autel sur des coussins rouges, des lacets en serraient les trois extrémités. Les femmes avançaient à genoux du fond de l'église ; elles embrassaient la croix et se signaient. Elles regagnaient leur place à reculons, figées dans une révérence douloureuse, les yeux baissés, la main sur le cœur.

Les Zanetti prirent leur place habituelle dans l'église, sur le banc qui leur était réservé. Lisa avait un manteau de soie grenat, un chapeau violine à bord large, retenu par un ruban noir qu'elle avait noué sous le menton.

Le prêtre descendit jusqu'au milieu de l'église et les fidèles se regroupèrent derrière lui. Le chemin de croix commença. C'était le seul moment de l'année où les hommes et les femmes se mêlaient à l'église.

La procession se mit en branle. Je rêvais. Quand, devant le premier tableau, j'entendis le début du premier cantique, « *Cor mio crudele, quando peccasti allor gridasti Muoja Gesù. Mira ch'ei langue, E, tutto sangue : morro, ti dice, non peccar più* », l'émotion que j'en eus fut si forte que je portai la main à ma poitrine. Je dus m'arrêter pour reprendre mes sens. Quand le prêtre eut fini de dire : « *Adoremus te, Christe* », j'aperçus le chapeau violine de Lisa. Quelques mètres seulement me séparaient d'elle. Je jouai des coudes et m'approchai de Lisa presque à la toucher. L'enfant de chœur fit brûler de l'encens, la fumée montait dans l'air, éclairant d'une lumière opaque la pénombre, qui se défaisait un instant.

Lisa, d'une voix mourante, reprenait les cantiques : « *Ver me rivolgi, Mio Ben spirante, tuo sguardo amante : Concedi a me, Dal duolo assorto, Ch'io resti morto Sotto la croce, Gesù con te.* »

Ce murmure, qu'il me semblait être le seul à entendre, me donnait de la joie. Je repris les cantiques à pleine voix et je connus encore une joie nouvelle à mêler ma voix à celle des autres, à retenir son souffle ou à l'épuiser dans le chant. Une grande chaleur m'envahit. Je joignis les mains. Toutes les voix semblaient se répondre, des voix lointaines, perdues, et le chuchotement de Lisa restait comme suspendu dans l'air, il semblait ne devoir jamais cesser. Devant moi, la tête de l'enfant de chœur suivait le lent balancement de l'encensoir.

Quand Agnès me toucha le bras, je sortis de ma rêverie. Je levai les yeux. Du plafond, on ne voyait presque rien, tout semblait obscurci, le voile de la mort avait tout recouvert. Je regardai autour de moi. Je craignis que toute l'église n'ait remarqué ce que j'avais fait, mais l'obscurité, la ferveur, la beauté des chants empêchèrent, ce soir-là, que l'on s'aperçût de rien.

La procession terminée, Lisa reprit sa place. Je restai avec Agnès, qui m'avait rejoint, au fond de l'église, près de la grande porte entrebâillée.

Soudain, on entendit un grand bruit de chaises tirées, des cris et des exclamations dans toute l'église. Lisa s'était évanouie. Petru la prit dans ses bras, une haie de gens se forma autour d'eux, il les chassa : « Sortez de mon chemin ! » cria-t-il.

Quand je vis Lisa, la tête renversée, sans connaissance dans les bras de son mari, je me mis à trembler. Agnès posa la main sur mon épaule et murmura : « Tu dois la fuir.

— Ce n'est rien, Agnès. J'ai été saisi par le froid. Tout d'un coup, j'ai cru qu'elle était morte. »

Je me tournai et vis que Dorothéa était derrière moi. Je demandai à Agnès de la raccompagner et la laissai rentrer seule à Torra nera.

Je passai cette nuit-là à rôder dans la campagne, haletant comme un chien, prenant les sentiers étroits où je ne voyais goutte, déchirant mes vêtements aux ronces. Je marchai des heures sans parvenir à épuiser la rage qui m'animait. À l'aube, je gravis une petite colline qui me faisait face et fus surpris de voir que je n'étais pas si éloigné de Zigliaro. Je me sentis perdu. Je l'eusse moins été si j'avais traversé les océans. Les limites de ce monde étaient infranchissables.

VII

Le lendemain, à la première heure, je partis
pour Ajaccio, courus chez Caterina. Elle seule
pouvait me rendre à moi-même. Caterina ne
savait pas que j'étais mazzeru ; dans cette ignorance, je puisais la certitude de sa franchise.

Caterina ne m'attendait pas. Je ne pus la voir
que dans la soirée. Je lui donnai rendez-vous
dans un restaurant chic de la vieille ville où je
savais qu'elle aimait à être vue. Elle était en
retard. Je commençais à m'en inquiéter, quand
je la vis apparaître. Le serveur la conduisit jusqu'à ma table. Tous les regards se tournèrent
vers elle. Caterina ne passait pas inaperçue.
Cette fille était presque aussi grande que moi,
avait un teint de lait, le nez busqué, des lèvres
charnues et rouges, et elle était rousse. Elle portait une blouse noire qui laissait ses épaules nues
et mettait en valeur sa merveilleuse carnation et
sa chevelure flamboyante qu'elle avait ramassée
en un chignon. Elle avançait vers moi, souriante,

balançant son jupon, coulant de longs regards aux hommes attablés. Elle garda la main que je lui tendais dans la sienne et m'embrassa au coin des lèvres.

« Tu as besoin de consolation », dit-elle.

Caterina avait une beauté pleine de force. Il n'était rien de délicat dans sa physionomie, excepté la couleur de ses yeux, un bleu pâle où flottaient des points d'or, donnant à son regard une étrange fixité.

« Buvons à nos retrouvailles », dit-elle.

Je commandai du champagne.

« J'ai faim, dit-elle. Toi, suivant ton habitude, sûrement pas, tant pis... »

Un homme s'était approché de la table pour la saluer. Caterina lui tendit la main qu'il baisa.

« Luc Fornarini, dit-elle et, me désignant : Mattéo Moncale.

— Puis-je..., commença l'homme.

— Non, fit Caterina d'un ton brusque. Je vous appellerai. »

L'homme s'éloigna d'un air dépité.

« Qui est-ce ? dis-je.

— Luc Fornarini.

— Oui, mais encore ?

— Tu es jaloux ?

— Non.

— Dommage ! dit Caterina.

— Admettons que je le sois.

« — J'aime mieux ça! Eh bien, il est riche et amoureux. Cela ne durera pas, j'en profite. Il veut m'emmener à Paris. Qu'en penses-tu?

— Pourquoi pas?

— Tu n'es pas jaloux. Bien. J'irai à Paris et quand nous reviendrons, il rompra. Il aura alors compris que je ne suis pas une femme pour lui et donnera raison à sa mère.

— Tu connais sa mère?

— Crois-tu vraiment que ce pauvre Luc Fornarini ait eu le courage de me la présenter?

— Et s'il te demandait de l'épouser?

— J'ai encore quelques belles années devant moi, je ne vais pas les sacrifier à ce crétin. Il sera toujours temps de trouver un mari. Et toi?

— Moi? Qui sait? Peut-être un jour, je te demanderai en mariage...

— Ne plaisante pas avec ces choses-là, Mattéo. Commande plutôt du poisson, il est excellent ici. »

On nous servit un loup au fenouil qui fit s'extasier Caterina. Elle mangeait vite, avec des gestes vifs et précis, ne parlait pas : « Manger est une affaire trop sérieuse pour que l'on s'occupe de la conversation, disait-elle. Sers-moi du vin. Quelle merveille ce poisson, quelle chair! »

Je la regardais. J'admirais ses mains fortes et larges qui maniaient avec dextérité couteau et fourchette, elle piquait dans son assiette, portait la nourriture à sa bouche avec une avidité gourmande. Tout m'émouvait en Caterina, même ce plaisir si vif qu'elle prenait à manger et que j'eusse trouvé vulgaire chez une autre.

« Tu ne manges pas? dit Caterina.

— J'admire ta férocité! »

Caterina me regarda. Elle sentit à ce moment tout le pouvoir qu'elle exerçait sur moi. Elle prit ma main, se pencha vers moi, sa bouche effleura mon oreille; je me raidis. « Tu manques de simplicité », dit-elle en riant.

Caterina commanda des fraises, demanda du sucre dont elle les saupoudra. Elle saisissait le fruit entre le pouce et l'index, mordait dedans avec volupté, fermant les yeux de contentement.

« Vois-tu, dit-elle, le sucre qui craque sous les dents et se mêle à la chair tendre et un peu acide de la fraise a toujours été pour moi la chose la plus délicieuse du monde.

— Vraiment? dis-je.

— Avec deux ou trois autres choses encore..., répondit-elle, avec une fausse ingénuité qui me ravit.

— Il y a longtemps que je n'ai si bien mangé et tant bu, dis-je.

— C'est bon pour l'amour, dit-elle. Partons. »

Caterina était d'un naturel charmant, si éloigné de la noirceur de Lisa que cela me fit tout à coup songer à elle. Je me rappelai son visage dans la pénombre et la nuit de Foscolo, quand elle était venue me trouver.

« À quoi penses-tu? demanda Caterina, interrompant ma rêverie.

— Je ne peux pas le dire. Tu connais ma pruderie.

— Vous êtes tous pareils! Remarque, j'aime autant que ce soit comme ça! » dit Caterina en riant.

Je ris aussi de bon cœur à cette franchise et plus rien ne vint obscurcir ma bonne humeur.

Au sortir du restaurant, nous étions un peu ivres. Nous allâmes sur le port pour nous dégriser. Nous marchions main dans la main, épaule contre épaule, admirant les voiliers, le ciel, la beauté de cette nuit de printemps. Caterina s'appuyait sur moi, mettait sa tête dans mon cou, me donnait des petits baisers humides. Nous prîmes une ruelle et Caterina m'entraîna sous le porche d'un immeuble décrépi et elle m'embrassa goulûment. Je l'embrassai longtemps. Je n'arrivais pas à me détacher de ce beau corps, de cette bouche immense et tiède. Enfin, nous nous décidâmes à rentrer.

Caterina accepta de m'emmener chez elle. Elle ne le faisait qu'avec les hommes qu'elle aimait le mieux. Je ne savais rien de ses sentiments. Caterina n'en parlait jamais. Elle était toujours gaie. Cette simplicité m'enchantait.

Je dus me cacher de sa logeuse. Ce jeu enfantin, qu'elle jouait pour faire croire à sa vertu, faisait mes délices. Je savais qu'elle achetait l'indulgence de sa logeuse par mille cajoleries et des cadeaux bon marché. Elle me demandait parfois de lui acheter de l'eau de Cologne, des fleurs ou des premiers fruits de saison. Caterina s'était déchaussée, elle mit l'index sur sa bouche pour me faire taire, je lui pris la main, l'empêchai de monter l'escalier, glissai ma main sous la robe et lui murmurai de faire silence. Cette fois, la lumière s'alluma et nous n'eûmes que le temps de nous cacher dans un recoin du couloir. Caterina ouvrit la porte de son appartement, n'alluma pas et je me laissai posséder par elle. J'eusse aimé m'engloutir en ce grand corps, me perdre dans ses caresses; je gardai longtemps la main de Caterina dans les miennes. C'était la première fois depuis longtemps que je ne dormais pas seul; d'habitude, je fuyais après l'amour.

Au matin, j'étais apaisé. Je croyais que Caterina saurait me guérir de ma mélancolie, me ferait oublier Lisa Zanetti. C'était facile alors. Loin de Zigliaro, hors de sa vue, j'étais sûr de ne pas succomber à ses sortilèges. J'invitai Caterina à venir passer quelques jours à Zigliaro. J'avais aussi convié quelques amis qui viendraient plus tard. L'été approchait, l'idée séduisit Caterina. Elle promit de me rejoindre le lendemain, ce qu'elle fit.

Agnès, quand elle vit Caterina sortir de l'autocar et se diriger vers Torra nera, ne vint pas me trouver tout de suite. Tout le village connaissait la présence de Caterina et Lisa n'osait plus se montrer.

Chez les Zanetti, l'agonie de sgiò Francescu n'empêchait pas la vie ordinaire de suivre son cours. Même sa femme, la signora Irena, allait à la messe et rendait quelques visites, recevait ses amies, venues la consoler avant l'heure de la mort de son mari. Elle y était si préparée qu'Agnès disait qu'elle n'en aurait pas de chagrin, mais un grand soulagement.

Memmu me demanda la permission d'emmener sa femme en cure une quinzaine de jours, pour tenter d'améliorer son état, qui avait empiré durant les six derniers mois. Il me proposa quelqu'un pour s'occuper des chevaux, mais je préférais le faire moi-même : j'avais besoin de me distraire de mon oisiveté.

Caterina s'installa à Torra nera comme si elle y avait toujours vécu. Elle fit le tour du propriétaire et élut domicile dans la plus jolie chambre. Elle n'en sortait que pour se promener à demi nue dans le jardin. Elle s'allongeait sur l'herbe, disposait un coussin sous sa tête et lisait des livres d'amour qui la faisaient pleurer et dont elle ne voulait pas que je dise qu'ils étaient stupides. Elle aimait que je lui récite des vers.

Comme je récitais : « Te regardant assise auprès de ta cousine/ Belle comme une Aurore et toi comme un Soleil/ Je pensai voir deux fleurs au même teint pareil... » Caterina m'interrompit : « Ne me rappelle pas que j'ai une rivale qui te dédaigne.

— Il n'y a que toi.

— Tu mens », dit-elle, la mine assombrie, la lèvre boudeuse, mais l'instant d'après, elle redevint rieuse ; Caterina ne s'attachait à rien avec constance.

Nous ne sortions guère de la maison. Le jardin est vaste. Le temps était beau. Nous en profitions.

Après le départ de Memmu et d'Antoinette, Caterina, se sentant toujours épiée par Dorothéa, finit par en prendre ombrage : « Passons seuls les deux ou trois jours qui nous restent », dit-elle.

Je donnai congé à Dorothéa.

Comme je m'y attendais, Agnès vint aussitôt me trouver. Caterina était dans le jardin ; Agnès l'ignora.

« Allons dans la cuisine », dit-elle.

Elle prépara du café, m'en servit une tasse.

« Dorothéa...

— Laisse Dorothéa où elle est. Je ne suis pas venue pour ça. Est-ce que cette fille va rester longtemps ici ?

— Quelques jours seulement.

— Garde-la, Mattéo.

— Je croyais...

— Tu croyais que j'étais venue te faire une leçon de morale comme l'aurait fait Mlle Nunzia ?

— Oui.

— Comment se prénomme-t-elle ?

— Caterina.

— C'est un joli nom. Fais-toi baptiser, Mattéo. Oublie ces chimères, tes dons de mazzeru, toutes ces vieilles légendes ! Épouse Caterina.

— Mais tu ne la connais même pas... »

Agnès se leva.

« Quand reçois-tu tes amis ?

— Comment le sais-tu ?

— Peu importe, mais cela ne s'improvise pas. Alors ?

— Dans deux jours.

— Dorothéa viendra la veille et ne restera pas dormir. La maison doit être prête pour accueillir tes amis. »

Je la remerciai.

« Ne me remercie pas. Réfléchis plutôt à ce que je t'ai dit tout à l'heure. »

« Qui était-ce ? dit Caterina. Tu aurais pu me présenter, à moins qu'elle ne l'ait pas désiré ? Elle a fait comme si je n'étais pas là !

— C'est Agnès et elle veut que je t'épouse.

— Cette femme est folle !

— C'est bien mon avis, répondis-je.

— J'ai chaud, dit Caterina dont la voix s'était soudain altérée. Je vais préparer du citron pressé. »

Je la regardai se rendre à la cuisine. Caterina me plaisait follement. Depuis quelques jours, j'étais serein. Je ne faisais plus de mauvais rêves. C'était la première fois que je goûtais cette paix sans appréhension ; d'habitude, je craignais qu'elle ne soit le repos nécessaire à la chasse ou pire à des visions sanglantes qui venaient me hanter. Agnès avait-elle raison ? Était-il temps de ne plus être mazzeru ? D'ailleurs, que restait-il de cette vie de mazzeru ? J'avais quitté Foscolo ; je vivais d'une manière qui m'aurait rebuté quelques mois plus tôt ; j'étais servi et content de l'être ; sgiò Francescu se mourait ; j'étais prêt à redevenir le seigneur de Zigliaro, comme mon père et mon grand-père l'avaient été. Le sacrifice de la colline de Goloso avait cette signification. Je me répétai que ce n'était pas le hasard qui m'avait conduit à faire cette vente, une folie pour la plupart. Lisa ne s'était pas trompée ; elle n'avait pas été dupe : mon temps était venu.

Caterina revint, se mit nue et s'étendit au soleil, un chapeau sur les yeux. Je la laissai et m'en fus à l'écurie pour monter Beau, qui n'était pas sorti depuis des jours. Il piaffait d'impatience. Je ne revins qu'en fin d'après-midi. Je dus m'occuper de Beau et de Joyeuse. Quand je rentrai, il faisait presque nuit.

« Pourquoi m'as-tu laissée seule si longtemps ?

dit Caterina. À la tombée de la nuit, j'ai eu peur dans cette grande maison vide.

— C'est toi qui as voulu chasser Dorothéa ! On ne peut pas être toujours ensemble, dis-je. C'est bon aussi de se retrouver. »

Je vis que Caterina avait pleuré.

« Écoute, lui dis-je, Agnès a préparé une merveilleuse tourte aux herbes ; il y a du vin. Je dresserai la table dehors. Fais-toi belle. Je m'occupe de tout. »

Je savais que Caterina n'était pas fille à bouder longtemps. Elle fila dans sa chambre s'habiller pour le dîner. J'installai la table au milieu du jardin, allumai des bougies, mis le couvert et allai me préparer. Caterina se fit attendre, mais j'étais disposé à passer par tous ses caprices.

Je ne l'entendis pas approcher : elle était pieds nus. À la lueur des bougies, elle n'avait jamais été plus belle. Elle n'avait pas attaché ses cheveux, portait une jupe rouge qui lui tombait sur les chevilles et une blouse blanche avec des motifs brodés. Elle s'assit à mes côtés, se tenant sagement, et cette réserve lui conférait une grâce nouvelle. Je trouvai admirable cette élégance simple, dépourvue d'artifices : Caterina n'était pas fardée et ne portait aucun bijou. Dans la pénombre, j'admirai le nez fort, le dessin superbe de la bouche, la ligne impeccable de l'arc des sourcils, l'ovale du visage, qui se dégageait du cou puissant. J'allumai la radio et invitai Caterina à dan-

ser. C'était un tango. Nos pas étaient mal assurés.
Caterina se serra contre moi. Je défis son corsage,
ôtai sa jupe, elle ne voulut pas que je me désha-
bille.

« Comme dans *Le déjeuner sur l'herbe*!
— Où as-tu...? » dis-je.

Elle m'interrompit d'un baiser, puis se dégagea.
« Je vais chercher du vin. Reste là. »

J'étais étendu sur le dos, contemplant le ciel.
La nuit était claire. Je jetai un regard à la maison
des Zanetti; une des fenêtres des combles, qui
avait vue sur mon jardin, était éclairée. Je me
redressai et reconnus la silhouette de Lisa qui se
dessinait dans l'ombre. Je rentrai aussitôt dans la
maison, prétextai l'heure tardive et allai me coucher. Caterina me crut fâché, s'étonna de ce
changement d'humeur, se fit câline : elle voulait
dormir avec moi, mais je refusai. J'avais toujours
devant les yeux l'ombre de Lisa dans l'encadrement de la fenêtre. Je sentais monter en moi
une colère que je redoutais. Caterina aussi s'em-
porta. Elle m'insulta, menaça de partir à la première heure et, pour finir, éclata en sanglots et
s'enferma dans sa chambre.

Je ne voulais pas que les choses finissent ainsi.
Le lendemain était notre dernier jour avant l'arrivée de nos amis, je décidai d'en profiter. Je
tapai à la porte de la chambre de Caterina. Elle
ne fut pas longue à m'ouvrir. Je la rejoignis dans

son lit et restai longtemps près d'elle, les yeux ouverts dans le noir.

Je me levai de bonne heure, préparai une musette avec du fromage, du pain et du vin, attelai les deux chevaux de Memmu à une carriole, réveillai Caterina et l'emmenai visiter la colline de Goloso.

Goloso n'est pas très éloigné de Zigliaro. Cette terre avait toujours été cultivée. Des jardins élevés en terrasse, à moitié en ruine, témoignaient de son ancienne splendeur. Sous le soleil, les murs en pierre sèche semblaient les vestiges de quelque théâtre dont on eût oublié l'usage.

De loin, nous voyions les jardins abandonnés, envahis de maquis et d'herbes folles, de coquelicots, d'arbustes tordus, de figuiers. L'ensemble donnait une impression de couleur étouffée, un vert éteint, ravivé çà et là par les taches du rouge ardent du coquelicot.

Nous avons laissé les chevaux et sommes grimpés sur la colline, peinant à nous frayer un chemin parmi les ronces, tentant de reconnaître les sentiers tracés, les rigoles de terre, qui amenaient l'eau dans les cultures ; la source existait toujours, mais elle devait être enfouie sous la végétation. Il faisait chaud. Nous nous sommes abrités du soleil sous un olivier et avons bu un peu de vin. Caterina avait les joues empourprées par la chaleur ; elle s'appuya contre l'arbre et je songeais, la regardant, que les beautés anciennes devaient avoir cet air détaché et souverain, ce regard clair, presque vide, ce teint de lait, qui les distinguait des autres femmes, preuve du luxe et de l'indolence de leur vie, dans ce pays où le soleil brûle la peau.

Agnès avait dû penser que la beauté lumineuse de cette femme étrangère pouvait rivaliser avec celle de Lisa Zanetti. À Goloso, je le crus moi aussi.

Presque au sommet de la colline, je me rappelai qu'il y avait une grande pierre où l'on pourrait s'asseoir. On l'appelle *a petra muta*, la pierre muette, parce que l'endroit est tellement isolé du monde que personne ne peut vous entendre ; il est propice aux confidences ou aux rendez-vous amoureux. On a un point de vue unique sur la vallée et le village. On aperçoit la naissance des bois de Foscolo, qui se perdent derrière la montagne. Je proposai à Caterina d'y monter.

Parvenus là-haut, Caterina me demanda pourquoi j'avais vendu cet endroit magnifique.

« C'est un monde inutile et aride, dis-je, qui ne sert plus à rien. Sgiò Francescu l'a acheté par vanité. On n'achète pas des choses inutiles.

— Que fais-tu d'autre tous ces temps-ci ? dit Caterina.

— Moi, je me débarrasse des ruines d'un monde qui n'existe plus. Je restaure mon pouvoir.

— Le pouvoir, dit Caterina, celui dont tu parles en tout cas, n'existe pas non plus.

— Qu'est-ce qui existe alors ?

— Ce que l'on veut faire exister.

— Et toi, qu'aimerais-tu faire exister ?

— Nous n'aurions pas dû venir ici, dit Caterina. Grimper si haut pour se mentir et ne pas se confier des secrets qui valent à cette pierre sa réputation.

— À quelle révélation t'attendais-tu ?

— Rentrons », dit Caterina.

Nous n'avons pas mangé, à peine bu, nous sommes rentrés lentement. Il était plus de quatre heures quand nous avons franchi le portail de Torra nera.

Caterina était triste.

« Viens, je vais chasser tes idées noires », dis-je.

Nous allâmes au jardin. Je fis chauffer de l'eau et la mis dans une grande bassine qui servait jadis pour la lessive. Je dis à Caterina de se déshabiller. Elle se glissa dans l'eau tiède. Je lui donnai un savon gris que faisait Agnès. Caterina se savonna, se plaignit qu'il lui écorchait la peau ; je pris alors un broc d'eau fraîche et lui en versai sur les cheveux et le corps. Au sortir du bain, Caterina était transie de froid, je l'enveloppai dans une grande serviette, lui frictionnai le dos avec vigueur. Elle s'étendit sur le sol. Je l'enduisis de la tête aux pieds d'une huile parfumée, fis une torsade de ses cheveux mordorés dont la pointe finissait au creux des reins.

Quand j'eus fini, Caterina dormait comme une enfant, un filet de salive s'échappait de sa bouche entrouverte. Les volets de la maison Zanetti étaient tous fermés. J'allai bouchonner les chevaux, me laver et me changer. Quand je revins au jardin, je vis que les volets de l'une des fenêtres étaient ouverts. Caterina dormait toujours. Elle n'avait pas bougé ; elle frissonna dans son sommeil. J'allai chercher un drap et la couvris, elle laissa échapper une plainte, eut un léger mouvement qui découvrit sa poitrine. Je m'étendis à ses côtés et la caressai doucement. Caterina ouvrit les yeux. La clarté de son regard m'émut aux larmes. Je me dévêtis en hâte et l'aimai sous les yeux de Lisa Zanetti.

Agnès nous apporta le dîner.

« As-tu pensé à ce que je t'ai dit, Mattéo ?

— Je ne peux pas épouser Caterina.

— Et pourquoi donc ?

— Parce que je ne l'aime pas. »

Le lendemain, je passai la journée à guetter la fenêtre des Zanetti. J'étais certain que Lisa m'épiait derrière la jalousie. J'étais obsédé par l'idée d'être vu ; je désirais l'être. Je parlais fort, riais pour rien, embrassais sans cesse Caterina, qui d'abord fut heureuse de me voir si en train et puis, très vite, agacée de ce jeu qu'elle sentait forcé et dont elle ne comprenait pas la cause. Elle finit par se dérober à mes caresses.

« Tu me regardes sans me voir, dit-elle. Que regardes-tu ?

— Rien, je me demandais quand sgiò Francescu se déciderait à mourir.

— J'espère qu'il attendra que nous soyons partis », dit Caterina.

Pour le dîner, j'éclairai le jardin a giorno. J'étais dans une excitation égoïste qui gâtait tout. Caterina ne toucha pas à la nourriture, dit à peine quelques mots et s'en fut se coucher de bonne heure, prétextant la fatigue de la veille. Je mouchai les bougies et restai longtemps dans le jardin, regardant avec anxiété la fenêtre de Lisa, espérant apercevoir son ombre dans la nuit, comme un signal. Ce soir-là, elle ne se montra pas.

Sans nous l'avouer, Caterina et moi étions fatigués l'un de l'autre. Nous accueillîmes l'arrivée de nos amis avec soulagement.

Jean, Francesca, Marie et Paul, que je voyais à chacun de mes séjours à Ajaccio, étaient tous des enfants gâtés qui profitaient sans vergogne de la fortune de leurs parents. Auprès d'eux, je passais pour un excentrique et ne détestais pas qu'on le crût. Marie m'avait dit un jour que c'était « affreusement snob » de vivre dans un rendez-vous de chasse. Caterina les aimait bien. Je soupçonnais Paul d'avoir été son amant, mais en ma présence ils ne laissaient rien paraître.

C'était la première fois qu'ils venaient à Zigliaro. J'avais invité souvent Paul et Jean à des chasses dans le bois de Foscolo, mais jamais dans la maison familiale. Ils furent ravis de découvrir, au fond du jardin, la tour, dont il ne restait que quelques pierres énormes, à moitié enfouies sous la végétation.

La soirée s'annonçait réussie. Comme il faisait beau, le dîner fut servi dehors. Nous étions gais. Marie joua des vieux disques qu'elle avait apportés. Nous dansâmes jusque très tard dans la nuit. Paul et Jean voulaient faire découvrir le rendez-vous de chasse de Foscolo à leurs compagnes. Nous décidâmes de nous y rendre le lendemain matin. Francesca et Marie allèrent se coucher ; Caterina resta avec nous. Elle aimait, dit-elle, la compagnie des hommes. Ce dont personne d'entre nous ne pouvait douter, repartis-je.

« Vous ne comprenez pas, dit-elle. J'aime vous voir entre vous.

— Nous ne sommes pas entre nous puisque tu es là, dis-je.

— Je vous dérange ?

— Bien au contraire... », dit Paul, qui s'interrompit, n'osant continuer de peur d'être mal compris.

Caterina se tourna vers moi et dit : « Je ne viendrai pas à Foscolo. Je préfère rester ici.

— Mais que vas-tu faire toute seule ?

— Je ne sais pas. J'irai peut-être voir ton amie Agnès.

— C'est impossible. Elle est toute la journée chez les Zanetti.

— Pourquoi, si elle est si proche des Zanetti, s'occupe-t-elle de ta maison ? Elle pourvoit à tout. Ne le lui a-t-on pas interdit ? Votre amitié avec les Zanetti est bien récente, il me semble.

— Tu ne comprendrais pas.

— Toi aussi, tu es comme les autres, dit Caterina. Tu me crois stupide. Je pars demain.

— Fais comme tu voudras », dis-je.

Le charme était rompu. Caterina quitta la table. Jean et Paul prirent congé. Je restai seul. Cette maison soudain me fit horreur. À l'aube, j'allai à l'écurie et, tenant Beau par le licou, je traversai le village à pied. J'étais décidé à rejoindre Foscolo et à n'en plus bouger. Je dirais à Agnès de faire raccompagner mes amis, de m'excuser auprès d'eux et de renvoyer Dorothéa. Memmu se chargerait de fermer la maison. Seigneur de Zigliaro ! C'était absurde. Tout cela était mort depuis longtemps. Il me semblait être un vieillard radotant une histoire qui ne lui appartenait pas.

VIII

Ce fut la première nuit de mon retour à Foscolo que je fis le rêve du plomb, de l'argent et de l'or.

J'étais dans le jardin de Torra nera. Une vieille femme en guenilles, que je n'avais jamais vue, se présenta à ma porte. J'ouvris grand le portail pour qu'elle puisse amener la charrette à bras où elle tenait son bric-à-brac. Elle voulait me vendre des ustensiles de cuisine, du tissu, que sais-je encore ? Pendant qu'elle me montrait les choses les plus ordinaires, je ne pouvais détacher les yeux de son visage. Elle avait de petits yeux jaunes aux paupières rougies, le teint bistre, une bouche édentée. On aurait dit un masque comme ceux que j'avais vus enfant, au théâtre. Sa vue ne me faisait pas horreur, car sa voix était douce et contrastait singulièrement avec la dureté de ses traits. Tandis qu'elle parlait, je ne l'écoutais pas ; je me demandais comment une femme si vieille et si faible avait la force de tirer sa charrette. Je le lui dis.

La vieille ne répondit pas. Je répétai ma question.

« Prends cette clé, dit-elle. Elle est en plomb.

— Qu'en ferai-je ?

— Ce n'est pas son usage qui importe, mais son poids. »

Je pris la clé.

« Te semble-t-elle plus lourde qu'une clé ordinaire ?

— Non, dis-je.

— Alors ta question est sans fondement », dit la vieille.

Je ne m'étonnai pas de l'entendre parler ainsi. Toute chose dans ce rêve me paraissait naturelle et sensée. Comme la vieille continuait à débiter son boniment, il me sembla reconnaître dans le timbre de sa voix des inflexions familières ; cette impression allait croissant, je me persuadai bientôt que la voix de la vieille n'était pas la sienne, mais quand j'étais sur le point d'y mettre un nom, il m'échappait.

Pendant que je me faisais ces réflexions, la vieille rangea avec soin les ustensiles dans la charrette et prit une pile de tissus. À la lumière, ils brillaient d'un éclat merveilleux. Je les contemplai longuement.

« Combien en veux-tu ? lui dis-je. Ton prix sera le mien.

— Il est trop tard. Ils ne sont plus à vendre.

— Que signifie cette comédie?

— Tu n'es pas capable de discerner la beauté. Tu ne mérites pas de posséder ces merveilles. Prends ce fil d'argent. Il te rappellera ta lenteur et ton regret de ne pas avoir été plus vif. »

Je voulus protester, mais elle ne m'en laissa pas le temps, sortit de sa poche un mouchoir qui contenait un nécessaire à couture en or.

« Je le veux! lui dis-je.

— Ton avidité n'a donc pas de bornes! s'écria la vieille. Ne sais-tu pas admirer longuement avant d'acquérir un objet de cette valeur? Tiens, dit-elle, prends ce dé d'or. Il te rappellera la patience nécessaire et le goût d'admirer sans précipitation. »

Avant que j'aie pu dire un mot, la vieille disparut. J'entendis le bruit du portail qui se refermait. J'appelai Dorothéa et ce fut le son de ma propre voix qui m'éveilla. Il faisait grand jour, ce qui m'étonna : je croyais n'avoir dormi qu'un instant.

Je me souvins alors que ma mère me lisait ce conte. Cette voix, que je n'avais pas reconnue tout d'abord, était la sienne. Je n'avais fait que répéter les répliques du prince ensorcelé que j'avais entendues cent fois.

« Ce ne peut être la voix de ta mère : tu l'as à peine connue, dit Agnès à qui je relatai ce rêve quelques jours plus tard. C'est moi qui te racontais cette histoire. La fatigue, Mattéo, t'aura fait tout confondre.

— Pourquoi ne serait-ce pas la voix de ma mère que je retrouve dans ce rêve? Crois-tu qu'on ne puisse se rappeler la voix de celle qui a précédé la sienne?

— Je ne comprends pas ce que tu dis, Mattéo. Moi-même, j'ai oublié le son de la voix de mon fils. J'en ai vu plusieurs qui ont oublié notre langue après qu'ils en ont perdu l'usage. Peut-être veux-tu seulement y croire?

— N'est-ce pas une langue morte que nous parlons encore? Nous parlons le langage des morts, c'est pourquoi plus personne ne nous entend, Agnès. Tu ne crois donc plus aux rêves?

— Je ne sais plus que croire. La vie est dure et il me semble que cette dureté ne finira qu'avec nous, alors à quoi bon interpréter les rêves? Parle-moi plutôt de Caterina.

— Tout est fini entre nous. Nous ne nous sommes même pas dit au revoir.

— Les femmes ne sont pas si simples, Mattéo. En attendant, reste à Foscolo. Je reviendrai dans deux ou trois jours. Promets-moi de ne pas en bouger.

— Je te le promets, Agnès. »

Le lendemain matin, Dorothéa tapait à ma porte. Agnès l'envoyait me dire que sgiò Francescu était mort dans la nuit.

« On l'enterre demain », dit Dorothéa.

Le soir même, j'étais de retour à Zigliaro. Tout était silencieux. Le village était en deuil. Je croisai des femmes qui passaient comme des ombres, elles s'affairaient à préparer les funérailles.

Dorothéa n'avait pas quitté Torra nera. Agnès ne l'avait pas congédiée. Mes amis étaient partis. Quand j'arrivai, la maison était déserte, c'était comme si Caterina n'y était jamais venue. Je montai dans ma chambre, regardai par la fenêtre : tous les volets de la maison Zanetti étaient clos ; un grand drap noir avait été accroché à la grille d'entrée ; des gens entraient et sortaient sans arrêt. Ils faisaient leur visite de deuil ; certains passeraient la nuit à la veillée funèbre.

Je n'ai plus qu'un vague souvenir de l'enterrement de Francescu Zanetti. Il faisait chaud. L'église était trop petite pour contenir la foule qui s'y pressait : beaucoup restèrent sur le parvis. La signora Irena, Petru et Lisa y reçurent les condoléances à la sortie de la messe. Je n'avais pas vu Agnès, qui était trop occupée ; je n'avais pas été convié au déjeuner après l'enterrement, si bien que je me retrouvai seul avec Dorothéa, au jardin, dans le silence de ce début d'été, marqué par la mort de Francescu Zanetti et l'arrivée de la canicule.

Dorothéa chantonnait de vieilles chansons. On eût dit que la musique déliait sa langue. Elle avait une voix assez pure qui tremblait un peu dans les aigus, ce qui en accroissait le charme singulier.

Je m'approchai d'elle. Elle cessa aussitôt de chanter, croyant que je voulais la blâmer de ne pas respecter un jour de deuil. J'eus toutes les peines du monde à la convaincre de continuer. Ce chant ancien et triste me réconfortait. Je regardai Dorothéa. Elle me sembla moins laide. Son profil aigu me parut même avoir quelque grâce et sa maigreur aller avec ce chant rauque et dépourvu d'artifices.

Cet après-midi, où dans le silence du village endeuillé Dorothéa chanta pour moi, fut un des rares moments de répit qui me furent accordés.

Depuis la chasse nocturne du printemps, je ne m'étais pas préoccupé de savoir quand la prédiction se réaliserait, mais à la mort de sgiò Francescu, qui sonna comme un rappel, je fus obsédé qu'elle puisse se produire à tout moment. Tout mon temps en fut occupé ; toutes mes actions entravées. J'avais peur qu'il arrive quelque chose à Petru. Je ne savais ce que pensait Lisa non plus qu'Agnès, qui était accablée plus qu'elle ne l'aurait cru par la mort de son vieux maître.

Une semaine après l'enterrement de sgiò Francescu, après la messe de sortie de deuil, quand Agnès vint enfin me rendre visite, elle vit mon désarroi.

« Fuis cet endroit, Mattéo. Tu ne peux vivre dans cette attente.

— Où aller, Agnès?

— Rejoins Caterina au plus vite.

— Et si elle ne voulait plus de moi?

— Nous verrons bien. »

J'obéis à Agnès pour la dernière fois. Les voitures étaient nombreuses. En cette fin d'après-midi, plusieurs regagnaient Ajaccio. Agnès me trouva une place, je mis quelques affaires dans un sac et partis en hâte.

Mon destin était scellé. Les rêves ne sont jamais trompeurs et il ne faut pas négliger les signes.

IX

À peine arrivé à Ajaccio, je me rendis aussitôt chez Caterina. Elle n'y était pas. J'attendis toute la soirée assis sur les marches de l'escalier. J'étais dans la pénombre. Le moindre
bruit de porte me faisait sursauter, mais cette
attente me délivrait de celle que je vivais à
Zigliaro. Plus l'heure avançait, plus le silence
était grand. Pour la première fois depuis des
jours, je sentis l'étau de l'angoisse se desser-
rer. J'étais calme. Je restai ainsi pendant deux
heures. J'allais partir quand j'entendis la voix
de Caterina; elle n'était pas seule. Je me levai,
grimpai les marches et me cachai entre deux
étages. Je reconnus soudain que l'autre voix
était celle d'une femme. J'appelai : « Caterina !

— Qu'est-ce que c'est ? cria-t-elle.

— C'est moi, Mattéo.

— Ah ! fit-elle. Mais où te caches-tu ? Montre-
toi ! »

Caterina ouvrit la porte et alluma la lumière. Son amie s'en alla aussitôt.

« Je ne veux pas te déranger, dis-je.

— Il est bien temps d'y penser, répondit Caterina en riant. Ne reste pas sur le palier. Entre. Nous parlerons. »

La porte à peine refermée sur nous, Caterina m'embrassa. Je songeai aux paroles d'Agnès : « Les femmes ne sont pas si simples », et Caterina l'était sans doute encore moins qu'une autre.

Au matin, Caterina m'entraîna au marché acheter des fruits, du vin, du poisson, des fleurs. Nous déjeunâmes sur son balcon, qui était étroit et ventru et d'où l'on pouvait nous voir de la rue. Caterina avait enroulé un drap blanc autour de la balustrade pour qu'on ne vît pas ses jambes et ouvert un parasol pour nous protéger du soleil. J'ai fait là, dans le silence, le meilleur déjeuner de ma vie. Nous avons dormi tout l'après-midi, grisés par le vin, écrasés de chaleur. À la tombée de la nuit, nous sommes sortis nous promener dans les rues tièdes, encore éclairées d'une lumière jaune. Assis à la terrasse d'un café, nous sommes restés longtemps sans rien dire, à regarder les passants qui flânaient.

Le soir même, je fus repris d'angoisses. Je ne pouvais pas respirer. Je tremblais et, malgré la chaleur, j'avais été saisi d'un froid que rien, pas même la couverture dont m'avait enveloppé Caterina, n'arrivait à faire passer. Je revoyais le sanglier mort et le regard de Petru que j'avais reconnu dans les yeux de la bête. Il me sembla que le danger se rapprochait. Je suffoquai au point que Caterina fut prise de panique et appela un médecin. Il me fit une piqûre. Je dormis jusqu'au lendemain.

Caterina ne me posa aucune question. Elle prépara le déjeuner, mais j'avais le cœur au bord des lèvres et ne voulus rien prendre. J'avais l'esprit vide ; les drogues avaient fait leur effet : je ne pensais à rien, mais ressentais une fatigue mortelle.

« Le médecin, dit Caterina, préconise des examens.

— Je ne ferai pas d'examen. Je me porte bien.

— Mais alors, pourquoi ce malaise ?

— C'est la peur, Caterina.

— Quelle peur, Mattéo ?

— La peur de la mort.

— Je ne comprends rien, Mattéo.

— Je ne peux pas t'expliquer.

— Tu ne peux jamais rien m'expliquer. Je ne vais pas passer ma vie à attendre que tu daignes le faire. La raison de ton silence est que tu ne m'aimes pas, Mattéo.

— Tu as raison, Caterina. Je ne t'aime pas... »

Caterina ne me laissa pas le temps de continuer. Elle se leva, prit mon sac, le jeta sur le palier.

« Ne reviens plus jamais », dit-elle.

Son visage était si pâle que je crus qu'elle allait défaillir. J'esquissai un geste vers elle, mais Caterina eut un mouvement de recul. Son regard était plein de larmes et d'effroi.

Je retournai à Zigliaro. Petru Zanetti avait été élu maire le jour même. Cela s'était fait dans la plus grande discrétion. Memmu, qui était de retour, me l'avait dit : « Il faudrait que les temps changent, avait-il ajouté.

— Rien ne changera jamais, Memmu. Tout est déjà fini. Ce village tombera bientôt en ruine et il n'y aura plus personne après nous pour jouer cette comédie et faire comme si les choses n'avaient pas changé. Ne vois-tu pas que tout est changé ?

— Pour moi rien n'a changé, dit Memmu. Je mène la vie que mon père a menée avant moi, et vous devriez en faire autant.

— Si je menais la vie que menait mon père, tu ne me verrais pas souvent !

— Peut-être, mais ça m'est égal, je saurais que vous existez comme il faut.

— Comme il faut ! Memmu, je croirais entendre tante Nunzia !

— Vous savez bien ce que je veux dire, ce n'est pas pareil. Voulez-vous dîner chez moi ce soir ? Ce serait un honneur, monsieur Mattéo.

— Je te remercie, Memmu. Pas ce soir. Une autre fois. » Comme Memmu partait, je le rappelai : « Memmu, pourquoi ne m'as-tu jamais tutoyé, même quand nous étions des enfants ?

— Mon père me l'a interdit. Il disait qu'autrement je ne saurais plus où est ma place, du coup, vous ne le sauriez plus non plus et, à la longue, ce genre de choses, ça nous ferait des embêtements, voilà ce qu'il disait mon pauvre père. J'avais pas compris, mais maintenant je comprends. Moi, je sais où est ma place, mais vous, j'ai bien peur que vous ne le sachiez plus. Votre question donne raison à mon pauvre père. Bonsoir, monsieur Mattéo.

— Bonsoir, Memmu », dis-je, et je m'enfermai dans la bibliothèque.

Les livres ne m'étaient plus d'aucune utilité. C'était des rêves d'une autre sorte que les miens, qui me renvoyaient à moi-même et m'emprisonnaient dans ce que je cherchais à fuir. J'ouvris un des carnets de mon père.

« Passer prendre la bague chez Figli, sertie d'un rubis grand comme un ongle d'enfant.

Donner à Marie le morceau de soie jaune safran acheté à Londres.

Commander de l'encre violine.

Demander à Ignace des boutures du rosier à grosses roses charnues, d'un rouge presque noir, qui fleurissent en février. Louise a aimé leur parfum. »

Je ne pus continuer, refermai le carnet : j'étais en larmes.

Le lendemain, je demandai à Memmu de faire installer des volets qui ne laissent pas filtrer la lumière et lui dis de tenir secret mon retour. Aucun mouvement ne trahissait la vie à Torra nera. Agnès mit deux jours à l'apprendre.

Je passais mes journées à somnoler. À moitié assoupi, je rêvais à Lisa. J'entendais sa voix ; il me semblait sentir son souffle sur mon visage, respirer son odeur ; penché vers elle, je tendis la main pour l'atteindre, ne rencontrai que le vide et me réveillai en sursaut, en proie au vertige. Si Lisa se fût alors présentée devant moi, je l'aurais chassée comme une intruse, ne souffrant pas de voir ma rêverie interrompue. J'étais repu d'images. Pourtant, Lisa m'échappait. Je devais faire un effort pour me rappeler son visage. Je ne le voyais plus, seulement des détails, et avec une précision effrayante : la noirceur des pupilles, le dessin de la bouche, le grain de beauté à la naissance du cou, la blancheur de la nuque et son sillon délicat.

Ces rêveries me laissaient épuisé. J'étais dans la tristesse qui suit les grandes lassitudes. J'aurais aimé ne plus en sortir, mais quand Dorothéa vint m'avertir qu'Agnès était là, je n'eus pas le cœur de la renvoyer et la fis conduire au salon.

Il était près de midi. J'entrebâillai les volets de la bibliothèque pour m'accoutumer à la lumière. J'y mis un peu de temps. Hébété de fatigue et d'angoisse, je me rendis au salon; il était plongé dans l'obscurité.

« C'est moi qui ai demandé qu'on ferme les volets », dit Agnès.

Dorothéa apporta de la limonade.

« Cette pièce est si fraîche! Quel repos! dit Agnès. Dehors, l'air est brûlant. Je comprends ton désir de pénombre. »

Je ne disais rien. Agnès buvait de la limonade dont la glace fit tinter le verre.

« Pourquoi être rentré si tôt?

— Caterina m'a chassé.

— Est-ce ta faute?

— Sans doute, mais c'est mieux ainsi. Caterina aurait dû rester cette merveilleuse jeune femme qui me distrayait, que je voyais à ma guise, dont j'étais amoureux comme on doit l'être. Nous ne songions qu'au plaisir. Tout a été gâté quand nous avons commencé à penser à notre avenir. Tu imagines Caterina mariée? J'aurais fait son malheur.

— Tu feras le tien, si tu continues. Et Lisa Zanetti? L'as-tu revue? Que comptes-tu faire?

— Je n'en sais rien. Je ne suis plus le même. Je ne suis plus mazzeru. Je ne rêve plus, ne chasse plus, et ce que Lisa me demande est au-dessus de mes forces.

— Mazzeru, tu l'es encore. On ne cesse jamais de l'être sauf si l'on se fait baptiser de nouveau. Tu le sais bien et moi je sais que tu t'y refuses.

— Cela ne changerait rien. Lisa me demande de tourner le mauvais sort de son mari. Si je le fais, elle sera à moi.

— Ne sois pas stupide, Mattéo. Cette jeune femme aime son mari...

— Elle aime Petru au point de le tromper ? Les femmes ont une logique qui ne cessera jamais de m'étonner.

— Cessons cette querelle, Mattéo. Les choses pressent.

— Laisse-moi encore un peu de temps. Je devrais rencontrer Lisa Zanetti pour en parler. Peut-elle revenir sur sa parole seulement ? Elle en a fait le serment. Que vaudrait son amour après cela ? Un amour trahi vaut-il encore quelque chose ? Je ne le crois pas.

— Que t'importe ? Ce n'est pas toi qui serais trahi. Écoute-moi, Mattéo : trouve-toi demain matin aux écuries, à cinq heures. Lisa Zanetti y sera. Je préviens Memmu de ne pas se montrer. Vous devez vous voir seuls, sans témoins. Là, tu décideras de ce que tu dois faire. »

Dorothéa vint desservir. Quand elle eut fini, je la retins et lui demandai de chanter pour moi comme elle l'avait fait le jour de la mort de Francescu Zanetti. Elle chanta doucement. Dans la pénombre, son chant n'était qu'un murmure. Je m'endormis. Dorothéa ne me quitta pas. À mon réveil, je la trouvai à mes côtés.

« Je vous ai veillé », dit-elle.

C'était la première fois que Dorothéa ne bégayait pas en ma présence. Je lui pris la main et la portai contre mon cœur.

« Prenez soin de vous », dit Dorothéa dans un souffle.

X

Il ne faisait pas encore jour quand j'entrai dans l'écurie. Je laissai la porte entrebâillée; je n'eus pas longtemps à attendre. Le rai de lumière s'agrandit, Lisa apparut dans l'encadrement de la porte; elle appela doucement : « Mattéo, êtes-vous là? »

Au bruit de mon nom, je tressaillis. J'allumai ma lampe, fis signe à Lisa d'approcher. Elle portait un pantalon et une chemise d'homme, avait noué une veste autour de sa taille, ramassé ses cheveux dans une casquette. De loin, on aurait pu la prendre pour un jeune garçon. Nous étions face à face. Nous n'osions pas parler. Lisa se tenait les yeux baissés, la bouche close; elle leva les yeux vers moi.

« On me dit que vous doutez de moi. »

Lisa s'approcha encore, passa la main sur mon visage; ses doigts effleurèrent mes paupières. Elle posa sa main contre ma nuque, me força à me pencher et m'embrassa. Mes lèvres touchèrent ses lèvres. Comme je l'enlaçais, elle fit un pas en arrière : « Ne me touchez pas ! » dit-elle.

Memmu me trouva à midi passé.

« Monsieur Mattéo, qu'avez-vous ? Venez. Sortons d'ici. »

Je ne pouvais pas marcher.

« J'appelle Agnès, dit Memmu. Il faut qu'elle vous fasse la prière de l'œil tout de suite. Quelqu'un vous aura envoûté. »

Je ne sais combien de temps je restai dans l'écurie, encore tout tremblant du baiser que je venais de recevoir.

« Aide-moi, Memmu, dit Agnès. Portons-le à la cuisine. Il me faut de l'huile, du feu et de l'eau. »

Je ne me souviens pas de ce que fit Agnès dans la cuisine, ni des paroles qu'elle prononça. Je voulais dormir. Agnès envoya Dorothéa faire le lit. Elle ne l'avait pas achevé quand nous montâmes dans la chambre. Je m'assis sur une chaise en attendant qu'elle termine. Je renvoyai Agnès et Memmu. Dorothéa m'aida à me déshabiller et à me coucher. Elle chanta une berceuse. Je n'avais plus de forces ; je sentais le sommeil me gagner. Dorothéa prit ma main et la posa contre son cœur. Je la laissai faire. Elle se glissa sous les draps et se blottit contre moi. Je sentais la chaleur tiède de son souffle dans mon cou.

« Reste », lui dis-je, avant de m'endormir.

Zigliaro, en ce mois d'août, était désert. Personne ne remarqua que Lisa Zanetti venait chez moi presque tous les jours.

Après ces grosses chaleurs, le temps était à l'orage. Un matin, la lumière était jaune, le ciel devint violet et s'obscurcit. Les oiseaux volaient bas, à tire-d'aile, cherchant un abri. Il y eut un grand silence, puis l'orage éclata.

Dans l'écurie, la pluie faisait un bruit de mitraille contre les vitres. Les chevaux étaient terrorisés, ils roulaient des yeux fous, hennissaient, tapaient contre le bois des portes. Je tentai de les calmer, leur parlai à voix basse, les caressai. Je n'entendis pas la porte de l'écurie s'ouvrir. Quand je me retournai, Lisa était devant moi. Je ne pouvais parler. Je pensais à Dorothéa. J'étais comme elle. Les mots semblaient fichés dans ma gorge.

Lisa, d'une voix qui tremblait un peu, me dit : « Qu'avez-vous décidé ? Vous m'aiderez ? » Je dis oui. Lisa s'en fut aussitôt. Je la regardai s'éloigner. Elle referma la porte. La pluie avait cessé. Je donnai à manger aux chevaux et arrangeai un coin dans l'écurie où je passai la journée et la nuit.

Dorothéa vint au petit matin. « J'ai eu peur », dit-elle, et ne put continuer. Nous allâmes dans la cuisine où elle fit du café. Elle s'assit à côté de moi. Je pris sa main, la portai à mes lèvres. Sa main était sèche et calleuse. Je la gardai longtemps contre ma bouche. Dorothéa s'approcha ; je glissai la main sous sa chemise et sentis la tiédeur de son sein. Dorothéa me conduisit dans la petite pièce attenante à la cuisine où elle dormait, me fit signe de fermer les yeux, se mit sur le lit, guida tous mes gestes. La lucarne donnait un jour parcimonieux. Il y avait ce silence de l'aube et le bruit rauque du souffle de Dorothéa.

À l'approche du 15 août, Petru prit quelques jours de vacances. Il se promenait avec Lisa. Ils empruntaient le chemin de Foscolo ; je les suivais de loin. Une fois, ils arrivèrent jusqu'à Goloso. Je me revis, gravissant la colline avec Caterina. Deux mois ne s'étaient pas écoulés depuis et cela me parut être un songe.

Un soir, ils étaient dans le jardin ; ils s'embrassaient. Je voyais leur ombre. Ils s'embrassèrent longtemps. Je ne les quittai pas des yeux. J'attendis qu'ils rentrent.

L'homme que Lisa dit aimer, pensai-je, est abusé par son ardeur. C'est moi qui allume ce feu dont il jouit.

Je n'en eus pas de la jalousie, mais un étrange sentiment d'orgueil et de tristesse mêlés.

Un matin, j'entendis la voiture de Petru. Je me précipitai à la porte du jardin et vis que Lisa l'accompagnait. Ils s'absentèrent trois jours qui me parurent une éternité. Je ne vivais plus, à l'affût du moindre bruit, guettant la maison

Zanetti, interrogeant Agnès, qui disait ne rien savoir, brusquant Dorothéa, qui n'osait plus me regarder.

À peine rentrée, Lisa vint me trouver.

« C'est fini, dis-je. Vous vous jouez de moi. Notre pacte est rompu.

— Je vous verrai demain. Ne décidez rien avant. Vous serez payé de votre attente. »

Je refusai. Lisa sortit de son sac une chemise blanche et me la tendit : « Je la porte toutes les nuits depuis une semaine.

— Pourquoi me la donner ?

— Ne savez-vous pas qu'un chasseur doit connaître l'odeur de sa proie et s'en imprégner ?

— Qui de nous deux est la proie de l'autre ?

— La porterez-vous ?

— Je ferai ce que vous voudrez que je fasse. Venez demain soir à huit heures. »

Le parfum de Lisa était très doux, mêlé sous les aisselles à l'odeur un peu sure de la peau. J'ai dormi le nez dans sa chemise. Au petit matin, je l'ai brûlée.

À l'heure dite, Lisa poussa la porte de l'écurie. Je ne lui laissai pas le temps de parler.

« Il est temps de tenir votre promesse », dis-je.

Lisa ôta sa robe et se mit nue devant moi. J'en éprouvai un tel saisissement que je n'osai faire un geste : j'étais pétrifié. Lisa m'embrassa sur les lèvres, ouvrit la bouche et glissa sa langue entre mes dents. Je n'osai la toucher.

« Comme vous êtes belle », murmurai-je.

Lisa me saisit par les épaules, me forçant à m'accroupir, elle mit son ventre contre mon visage, je l'entendis qui gémissait.

« Je ne vous mens pas », dit Lisa.

Elle ramassa sa robe, se vêtit et disparut dans le noir, laissant derrière elle des caresses à peine ébauchées, un long baiser et un baiser bref, un sein caressé, la vision de son corps dénudé dans le noir. Il me semblait aimer une ombre.

Les jours suivants, je ne vis pas Lisa. Petru partait à l'aube. J'entendais sa voiture. Un matin, Lisa se glissa hors de chez elle. Elle avait graissé les gonds de la petite porte du jardin ; j'avais laissé la mienne ouverte.

« Et si c'était le dernier jour ? » dit-elle.

Elle déboutonna sa chemise et me donna un sein à téter. Comme j'allais atteindre à la jouissance, Lisa me repoussa avec brusquerie.

« Cessez », dit-elle, et elle partit.

J'appelai Dorothéa, lui dis de me rejoindre dans la bibliothèque, ne lui laissai pas même le temps d'ôter ses vêtements : j'étais dans une rage folle. Dorothéa poussait des petits cris. Je soulevai ses cheveux et la mordis au sang. Dorothéa se mit à pleurer et murmura des mots que je ne compris pas. Je la pris dans mes bras et la berçai longtemps. Je pris mon plaisir alors qu'elle chantait doucement, la voix incertaine, le chant interrompu par le râle du plaisir.

Pendant une semaine, Lisa vint me retrouver. Elle ne permettait plus que je l'approche, se mettait nue, exigeait que je la regarde longuement. Comme je l'implorais de faire cesser ce supplice, elle dit : « Dorothéa y pourvoira. »

L'été fut interminable. Le temps ne passait pas. J'étais entêté de Lisa. Dorothéa ne me distrayait pas de cette obsession, mais m'y ramenait toujours. Cette femme était d'une bonté mystérieuse, avait pour moi une compassion unique et élevée, pleine de tristesse, semblait résignée à se borner à la jouissance que nous avions ensemble, à cette lucidité terrifiante que donne le plaisir, mais je ne me reposais pas avec elle de cette attente qui me dévorait le cœur.

À la fin du mois d'août, je ne voyais plus Lisa. Je demandai à Agnès d'être ma messagère : « C'est inutile, dit-elle. Lisa dit que tu es un homme sans parole. »

Le soir même pourtant, Lisa vint me rendre visite.

« Nous ne pouvons continuer ainsi, dit-elle. Nous ne nous verrons plus. Les choses sont allées trop loin.

— Les choses prennent parfois un tour imprévisible, dis-je.

— Les choses prennent le tour que l'on veut leur donner.

— Vous renoncez ?

— Vous faites durer cette situation exprès. Vous ne ferez rien pour Petru et vous le savez.

— Vous me croyez un homme sans parole ? Vous l'avez dit à Agnès.

— Je crois que vous trompez tous ceux que vous approchez.

— C'est vous qui vous plaisez à humilier. Je ne sais quel plaisir trouble vous puisez...

— Taisez-vous ! Je ne suis pas venue ici pour discuter, mais pour vous rendre quelque chose qui vous revient de droit. »

Lisa sortit de sa poche un mouchoir blanc et l'ouvrit : il contenait le nécessaire à couture que j'avais vu dans le rêve de Foscolo.

« C'est un cadeau très précieux. C'est votre mère qui l'avait offert à la signora Irena pour la naissance de Petru. Je vous le rends.

— Je n'en veux pas.

— Ma belle-mère ne comprend pas que l'on fasse de tels présents à des étrangers à la famille car ils sont irrémédiablement perdus. J'ai voulu que ce présent ne soit pas perdu pour vous. Je vous le donne. Ni Petru ni moi n'en avons plus besoin.

— Partez, Lisa », dis-je.

C'était la première fois que je prononçais son nom ; j'étais trop ému pour rester dans la même pièce qu'elle ; je sortis. Je demandai à Dorothéa de préparer mes affaires et de commander une voiture. À la première heure, je partis pour Ajaccio.

Je pris une chambre à l'hôtel, non loin de la rue où habitait Caterina. Le lendemain, au café Napoléon, Paul m'apprit qu'elle s'était fiancée à Luc Fornarini, le mariage était prévu pour l'automne. Caterina avait déménagé ; elle habitait maintenant une grande maison sur la route des îles Sanguinaires, ne voyait plus aucun de ses anciens amis.

« Veux-tu que je lui fasse savoir ta présence ? dit Paul.

— Non », dis-je.

Je ne voulais pas revoir Caterina. J'étais venu à Ajaccio pour résoudre l'énigme du rêve que j'avais fait à Foscolo et je voulais me défaire de l'emprise que Lisa avait sur moi. Je ne réussis ni l'une ni l'autre chose. Mais rechercher qui avait pu procurer à ma mère ce nécessaire à couture m'occupa l'esprit quelques jours.

Par l'entremise de Paul, je rencontrai un vieil antiquaire, René Bellmer, qui avait connu mes parents.

« Il s'est installé à Ajaccio depuis une trentaine d'années, dit Paul. Cette ville lui rappelle son enfance. Il est né à Tunis. »

René Bellmer était un vieil homme très riche, qui avait la passion des objets. Il aimait tout ce qui avait trait à l'enfance : gants, bijoux, parures,

jeux, harnachements de chevaux, robes de bap-
tême... Quand je lui en demandai la raison, il me
dit : « Une nostalgie, sans doute. N'est-ce pas la
cause de toutes nos passions ? »

Il me reçut dans une grande pièce presque
démeublée.

« Vous ressemblez terriblement à votre mère,
dit Bellmer. On a dû vous le dire souvent ?

— Non. Je l'ai entendu dire souvent, mais à
moi, on ne l'a jamais dit.

— Oui, dit René Bellmer, ce pays est étrange.
Il est des pudeurs que je ne m'explique pas, pas
plus d'ailleurs que le contraire. Je connais l'objet
de votre visite : c'est le petit nécessaire à couture.
Que voulez-vous savoir ? »

Une vieille femme vint nous servir le thé et se
retira en silence. Sans attendre ma réponse,
Bellmer poursuivit : « J'aimais beaucoup votre
mère. Elle avait un type de beauté presque nor-
dique, était d'une élégance simple. Ici, les
femmes confondent l'élégance avec l'exhibition
de leur richesse ; cela amusait beaucoup votre
mère. Louise avait une belle connaissance des
objets, elle avait beaucoup voyagé en France, en
Italie, en Angleterre, le saviez-vous ?

— Non. Je ne sais rien de tout cela.

— Elle cherchait un cadeau pour la naissance
d'un enfant. J'ai aussitôt pensé à ce nécessaire à
couture. Je le lui ai offert en même temps
qu'une broche, un papillon...

— Oh ! dis-je, la broche de tante Nunzia !

— Je vous en prie, dit Bellmer, pas un mot. Pour moi, je reverrai toujours votre mère avec cette broche, un papillon, qui semblait posé sur sa robe noire.

— Vous l'aimiez ?

— Tout cela est si loin maintenant. Cela n'a plus d'importance. »

Le vieil homme se leva : « Pardonnez-moi, dit-il, je me sens un peu las. »

Nous nous quittâmes là-dessus. Je ne vis pas ses collections et me gardai de retourner chez lui.

J'ai appris la mort de René Bellmer quelques mois plus tard. On m'a dit qu'il est passé dans son sommeil, sans souffrir le moins du monde, mais qui connaît la terreur des rêves ?

Le jour même, je retournai à Zigliaro. Agnès vint me trouver. Je lui racontai ma rencontre avec l'antiquaire, l'étrange destinée de cet objet.

« Pourquoi ma mère a-t-elle fait ce somptueux cadeau à Irena Zanetti, alors que nos deux familles étaient ennemies ?

— Ce que tu ignores est que la signora Irena et ta pauvre mère étaient amies d'enfance. Peu de temps après la naissance de Petru, qui n'a précédé la tienne que de quelques mois, la signora Irena n'a plus voulu voir ta mère. La signora Irena n'avait pas le goût des belles choses comme ta mère. Elle garda le présent comme une avare, ne le fit voir à personne. Quand ta mère est morte, je sais qu'elle a eu du regret de l'avoir traitée aussi durement. Pour ta mère, je ne sais pourquoi, l'amitié de la signora Irena comptait beaucoup. Ce n'était pas réciproque. L'autre a toujours été jalouse de sa beauté. D'abord, elle avait ressenti sa mort comme une chose affreuse et puis elle avait été soulagée de sa disparition, comme si les dieux l'avaient vengée d'une injustice.

— Pourquoi ne m'avoir rien dit de tout cela, Agnès ? De quelle injustice parles-tu ?

— Il est des choses qu'il vaut mieux taire et puis j'avais oublié. Je n'ai aucune envie d'évoquer ces vieilles histoires...

— La mort de Petru serait-elle la vengeance de ma mère ? La haine d'Irena Zanetti l'a-t-elle condamnée à être une âme errante ?

— La signora Irena aimait ton père en secret. Louise est venue passer l'été à Zigliaro ; c'était devenu une jeune fille ; ton père a été ébloui par sa beauté. La signora Irena, pour le rendre jaloux, a accepté que Francescu Zanetti lui fasse la cour. Ta mère aimait Irena tendrement, elle a voulu lui conserver son amitié et l'autre ne lui a jamais pardonné de lui avoir pris Louis et d'être d'une telle bonté pour elle. Que te dire de plus, Mattéo ?

— Pourquoi ma mère voulait-elle garder à tout prix l'amitié de cette femme laide, sèche, et qui ne l'aimait pas ?

124

— Je ne l'ai jamais su.

— Le nécessaire à couture est le même que celui que j'ai vu en rêve. Comment expliquer ce rêve, Agnès?

— Qu'importe ce rêve? Qu'est-ce qu'un rêve comparé au sort de Petru? Pour moi, la mort d'un jeune homme est le plus grand des malheurs. C'est l'épreuve de Dieu. Il n'en existe pas de pire.

— Lisa Zanetti a renoncé, Agnès.

— Lisa Zanetti a le mal noir. »

Tout cela était inutile. Qu'avais-je besoin de sauver Petru? pensais-je alors. Mais je ne pouvais me passer de Lisa. La déception même où elle me laissait, que je comblais par ces brèves étreintes avec Dorothéa, me passionnait. J'adorais ma souffrance. J'étais prêt à y sacrifier ma vie.

Dans les rêves, on ne meurt pas. Je ne pouvais me représenter ma propre mort. Personne n'en a le pouvoir. Pas même moi. Je ne pouvais donc mesurer le danger que je courais. Agnès avait beau dire qu'il suffisait de me faire baptiser dans l'heure pour ne pas craindre la vengeance des mazzeri, rien n'était moins sûr. D'ailleurs, quelle confiance pouvais-je avoir en Agnès? Elle-même était sous le charme de Lisa. Elle la protégeait. Je regardai Agnès. Ce fut elle qui rompit le silence.

« Tu n'es obligé en rien de te contraindre à faire des choses qui peuvent te nuire, finit-elle par dire.

— Je le sais, répondis-je. Dis à Lisa Zanetti de se trouver à la cabane de Foscolo, aux premières heures de la matinée, le huitième jour de septembre. »

Dorothéa chantait le chant des vendangeuses. « Tais-toi, lui dis-je. La saison est passée. »

Après le départ d'Agnès, j'ai pris un des carnets de mon père que je n'avais jamais osé ouvrir jusqu'alors. La couverture en était différente des autres. Une seule phrase y figurait. Je la sais encore par cœur : « Bossuet dit que les mortels n'ont pas moins de soin d'ensevelir les pensées de la mort que d'enterrer les morts eux-mêmes. »

La date inscrite sur le carnet était celle de la mort de ma mère.

XI

Je demandai à Memmu de m'amener Saveriu Rinoccio. J'avais besoin d'un mouflon. C'est une chasse longue et aventureuse et, sans chien et sans rabatteur, je n'avais aucune chance de réussir à le débusquer. Saveriu Rinoccio était le meilleur braconnier de la région. Il se présenta chez moi deux heures plus tard. Petit, sec, les jambes arquées, vêtu de hardes crasseuses, il empestait : il ne se lavait jamais pour tromper le gibier. Saveriu Rinoccio ne voulut pas entrer dans la maison et nous nous tînmes dans le jardin. Memmu lui avait déjà dit ce que je voulais, mais suivant l'usage, je dus le lui répéter. Je voulais un mouflon, un mâle qui eût entre cinq et sept ans. Après l'avoir châtré et vidé de son sang, Saveriu Rinoccio devait en recueillir dans une fiole que je lui remis. Il devait m'apporter la tête de l'animal nettoyée et sèche au rendez-vous de chasse de Foscolo. Saveriu Rinoccio savait que j'étais mazzeru ; je vis qu'il hésitait.

« Ton prix sera le mien », dis-je.

Il exposa alors ses conditions. Il ne chasserait pas par temps d'orage, car il en avait peur, m'abandonnerait sa part de butin de viande et me demanderait la même somme, qu'il ramène l'animal ou pas ; enfin, je devais l'assurer que cette chasse n'était pas mauvaise ni pour lui ni pour les siens. J'écoutai Saveriu et dis oui à tout.

Trois jours plus tard, la femme de Saveriu vint m'avertir que le mouflon était pris. Je n'avais plus qu'à attendre.

Pendant la dizaine de jours qui me séparait du rendez-vous avec Lisa, je suivis Dorothéa partout dans la maison. Je ne supportais pas de rester seul.

À la tombée du jour, Dorothéa faisait cuire le pain. Elle mettait un foulard, un grand tablier bleu sur sa chemise blanche, s'occupait du feu, qui brûlait depuis des heures, soufflait sur la braise. Je voyais les veines de son cou gonfler et bleuir, son visage empourpré par la chaleur. Dorothéa était en nage. Elle se redressait, reprenait souffle, s'essuyait le visage, qui était alors nimbé d'une lumière orange. Le feu projetait des parcelles d'or sur l'extrémité des doigts, les bras, les joues, les cheveux. Dorothéa enfournait le pain d'un geste sec, restait penchée en avant, l'œil rivé sur le feu presque éteint et attendait debout devant le four. Le jardin embaumait. Il faisait nuit noire quand elle sortait du four le pain fumant. Elle s'asseyait un moment, attendait que le pain refroidisse et en coupait une grande tranche encore tiède qu'elle garnissait de confiture de pêches, d'abricots ou de figues. Nous la partagions en buvant un verre de vin. Il était tard. Nous allions nous coucher. Dorothéa éteignait les lumières derrière moi.

Nous ne nous touchions plus; nous étions chastes. Une fois, j'effleurai sa main et Dorothéa laissa échapper un gémissement qui m'émut aux larmes. Je ne lui demandais plus de chanter. Jamais je ne la vis si appliquée à essayer de parler et dans une telle impossibilité de le faire.

Nous restions dans le silence, nous nous regardions longuement, nous attendions ensemble, exaspérés par cette tension de l'attente, dont nous savions tous deux qu'elle ne finirait pas.

Le matin de mon départ pour Foscolo, Dorothéa s'était levée avant moi. Elle m'accompagna, me toucha l'épaule, me fit signe d'ouvrir la main, y déposa des petites pierres blanches, un peigne d'écaille et referma mon poing sur cette étrange offrande. Beau piaffait d'impatience. J'ouvris le portail et me mis en route.

Au bout de l'allée, je me retournai, Dorothéa n'avait pas bougé; de loin, elle semblait une tache bleue dans l'aube claire.

Quand j'arrivai à Foscolo, Saveriu Rinoccio m'attendait. Il avait mis la tête du mouflon sur un lit de bruyère ; elle était nettoyée comme je le lui avais demandé.

« C'était une belle bête, dit-il. Regardez ces cornes. Il devait avoir six ou sept ans, peut-être huit. »

L'odeur était suffocante. Je lui remis l'argent et Saveriu me tendit la fiole de sang.

« Il faut le laisser à l'air libre un mois ou deux. C'est tenace cette odeur », dit-il avant de s'en aller.

Je restai seul. J'entrai dans la cabane, disposai sur la table les pierres et le peigne que m'avait donnés Dorothéa. Lisa ne devait plus tarder. J'étais inquiet : je ne savais si elle pourrait supporter la fatigue et l'épreuve qui l'attendaient.

La réussite de notre entreprise était des plus incertaines. Il aurait fallu que je chasse le mouflon moi-même et que la nuit soit tombée avant de mimer cette grande chasse au mouflon ; enfin, en voulant être celui qui empêche la mort annoncée, je trahissais les miens.

Je crus que Lisa ne viendrait pas. Je m'y étais presque résigné, quand j'entendis frapper à la porte. Il était midi passé. Lisa paraissait épuisée. Elle me demanda à boire. « Je n'ai pas beaucoup de temps », dit-elle.

Nous nous enfermâmes dans la cabane. Je bouchai la fenêtre. Aucune lumière ne devait pénétrer dans la pièce pour figurer la nuit la plus noire. Sur le sol en terre battue, je traçai un cercle blanc et plaçai la tête du mouflon au centre. Je me déchaussai et me mis torse nu. Lisa gardait son visage dans sa chemise tant l'odeur du mouflon l'incommodait. Moi, depuis le matin, je m'y étais habitué.

Je fis boire à Lisa une décoction de plantes, puis je bus à mon tour, et nous ne fûmes plus gênés ni l'un ni l'autre par l'odeur de la bête morte.

Je montrai à Lisa comment tenir la mazza avec laquelle elle devait frapper au moment voulu. Je m'enduisis le visage et les bras du sang de l'animal. Je donnai à Lisa du talc dont elle se saupoudra les mains pour assurer sa prise. Je me saisis de la tête du mouflon, la mis devant mon visage et dis à Lisa de se préparer à frapper. Lisa tenta plusieurs fois de m'attraper mais n'y parvint pas. Ses gestes étaient maladroits, elle s'épuisait en vain : j'évitais tous les coups. Je m'amusais de la hargne qu'elle mettait à m'atteindre sans y réussir. Je me déplaçais autour d'elle, la défiais, me baissais, me relevais, m'approchais d'elle jusqu'à sentir son souffle ; je la frôlais, la narguais, grisé de sentir sa rage impuissante. La fatigue commença à se faire sentir : la sueur coulait sur mon visage, mes pas étaient moins bien assurés, les bras me faisaient mal. Lisa aussi était en nage. Elle s'arrêta pour reprendre souffle. Elle fit une dernière tentative pour m'atteindre ; à bout de forces, elle ahanait. Je vis son visage grimacer sous l'effort ; son bras se leva, elle porta le coup, mais je l'esquivai, Lisa fut déséquilibrée et tomba à terre. Elle se releva avec une agilité que je ne lui aurais pas soupçonnée un instant plus tôt. Elle avait la bave aux lèvres ; son regard était trouble. Je connus alors la peur de l'animal traqué. Je voulus reculer, mais Lisa, avec la mazza, me donnait des petits coups sur les jambes, qui m'obligeaient à me mouvoir sans réfléchir à la position où j'étais ; je voulus franchir le cercle, mais il semblait qu'un mur invisible me l'interdisait. Je revins vers Lisa ; le sang me battait aux tempes, je sentais mes jambes fléchir sous la fatigue, je baissai la garde. Lisa ne me lâchait pas ; elle fixait sur moi ses regards ; je ne pouvais détacher mon regard du sien : je n'arrivais plus à lutter contre la lassitude qui s'était emparée de moi. Hébété, je me sentais pris au piège. Le sentiment d'un danger imminent m'affolait. Lisa prit une poignée de terre et me la jeta au visage. Je n'y voyais plus. Je n'eus que le temps de mettre devant moi la tête du mouflon. Lisa m'asséna un coup terrible. Je tombai à terre, à moitié assommé. Lisa se pencha au-dessus de moi et poussa un cri. « C'est Petru que j'ai vu », dit-elle.

La chasse du grand mouflon avait échoué.

Lisa jeta la mazza loin d'elle et s'enfuit, sans plus s'occuper de moi.

XII

J'avais été sincère. J'avais voulu sauver Petru. En revêtant le masque du mouflon, j'avais voulu prendre sa place. J'avais échoué. Lisa avait vu les yeux de Petru. Je ne pouvais plus rien pour lui, mais ne pouvais me résoudre à ne plus voir Lisa et encore moins à lui dire la vérité.

J'ai hésité longtemps avant de le faire, mais j'ai menti, j'ai trahi tout ce que j'avais de plus cher : Agnès, Lisa, mes croyances et même Dieu.

Les jours qui suivirent notre rendez-vous de Foscolo, je ne cherchai pas à revoir Lisa. Je savais que c'était inutile. Elle resta confinée chez elle pendant tout le mois de septembre. Quand je la revis à la messe, le dixième jour du mois d'octobre, pour la Saint-Cervonus, je ne la reconnus pas. Elle avait de grands cernes sous les yeux, son visage était défait et, quand elle ôta ses gants, je vis que ses doigts étaient enflés.

Petru s'inquiéta de voir sa femme dépérir ainsi. Ils partirent quelques jours en voyage. À leur retour, Lisa semblait en meilleure santé, mais son air sombre ne l'avait pas quittée.

Ma liaison avec Dorothéa fut connue.

« Cela ne m'étonne pas, aurait dit ma tante Nunzia. Une putain ou une servante, il ne trouvera rien de mieux. »

À la fin du mois d'octobre, ma tante quitta Zigliaro et partit s'installer à Ajaccio.

Il y eut des pluies qui durèrent trois jours et trois nuits. Le fleuve déborda. Plusieurs murs en pierre sèche de la colline de Goloso s'effondrèrent.

« C'est mauvais signe, dit Agnès. Je les ai toujours connus.

— Bien des choses que j'ai toujours connues ont disparu, Agnès, dis-je. Je ne crois plus ni aux signes, ni aux rêves, ni aux morts. »

Petru allait de maison en maison, ne regardant pas sa peine, réconfortant chaque famille éprouvée. Agnès me dit : « Il ne voit pas que sa femme est en train de mourir. »

Le jour de la Toussaint, j'accompagnai Agnès fleurir la tombe de son mari et de son fils. Elle la nettoya, gratta le marbre, releva les pots que le vent avait renversés.

« Regarde », murmura-t-elle.

Petru, suivi de sa mère et de Lisa, entra dans le cimetière. Lisa passa devant nous, fit un bref signe de tête. Elle était habillée en grand deuil. Je me tins un peu en arrière.

La chapelle où étaient enterrés les miens se trouvait en dehors du village, à Cornali. Memmu l'entretenait, mais je ne m'y rendais jamais. Le nôtre étant plus imposant et plus luxueux, en son temps, la construction de ce tombeau avait été un grand motif de jalousie et de rivalité entre les deux familles.

Je jetai un regard à la dérobée vers Lisa. Elle n'entra pas dans la chapelle des Zanetti. Elle se tint un moment sur le seuil et revint vers Agnès.

« Comment se prénommait ton fils ? » dit-elle.

Agnès montra du doigt sur la plaque mortuaire.

— Je ne peux plus dire son nom. »

Lisa lut à haute voix : « Ange-Pierre. »

Elle s'approcha, regarda la petite photographie presque effacée, qui était placée dans un cadre ovale, au-dessus du nom : « Il était beau, dit-elle.

— Il était beau, dit Agnès, beau comme le jour, madame Lisa. Mattéo, cria-t-elle. Aide-moi, s'il te plaît. Allons-nous-en. »

J'aidai Agnès à se relever, lui donnai le bras et partis sans regarder Lisa. Agnès se retourna et dit que Lisa nous avait suivis du regard jusqu'à ce que nous ayons franchi la grille du cimetière.

XIII

Lisa dépérissait. Elle était très amaigrie, ne sortait presque plus. On disait que Petru en était désespéré. J'eusse aimé retourner à Foscolo, mais je n'osais affronter une vie solitaire. Je ne chassais plus. Désœuvré, j'errais dans la maison. Lisa m'avait privé de mon bien le plus précieux : la solitude. Désormais, j'en avais peur. J'avais des sommeils sans rêve. À peine éveillé, la pensée de Lisa m'obsédait. J'eusse aimé la voir et n'osais me montrer. Memmu me fit le reproche de négliger les chevaux. Pour lui faire plaisir, plusieurs matins de suite, nous allâmes en promenade. J'eus de la joie à retrouver les chemins, à faire des courses avec Memmu. Nous nous arrêtions, à bout de souffle, en nage. Memmu ôtait leur selle aux chevaux fumants, les séchait avec une couverture ; nous les laissions se reposer un moment et nous rentrions au pas. Je passais le reste de la matinée à m'occuper d'eux.

« Cela vous convient mieux, dit Memmu, que de rester confiné tout le jour comme cette pauvre Antoinette ou comme Mme Lisa.

— Ne pourrions-nous l'inviter ? Qu'en penses-tu, Memmu ?

— Je veux bien être votre messager, mais rien n'est sûr.

— Alors va, demande-lui pour demain matin.

— Je vous accompagnerai ?

— Certainement. Dis-le-lui. »

À mon grand étonnement, Lisa accepta.

« C'est la signora Irena, dit Memmu, qui l'a poussée à venir.

— Bien, dis-je. À quelle heure partons-nous ?

— Huit heures. Le jour sera levé depuis un moment. Nous n'aurons pas trop froid, c'est surtout pour Mme Lisa.

— Tu as bien fait, Memmu. Il faudra toujours faire attention à elle.

— Je sais, monsieur Mattéo. »

Ce matin-là, à la cuisine, le feu n'était pas allumé. La chambre de Dorothéa était vide.

« Elle est partie », dit Memmu.

J'allumai le feu, préparai du café. Nous restâmes longtemps dans le silence. Memmu ne me quitta pas.

Memmu avait choisi un itinéraire assez court pour ne pas fatiguer Lisa. Nous mîmes pied à terre. Je l'aidai à descendre.

« On me dit que vous avez le mal noir », lui dis-je.

Lisa ne répondit pas.

C'est quand elle eut renoncé à être cruelle à mon égard que Lisa me fit le plus souffrir. Elle me regarda et sourit comme si elle avait vu une ombre.

Lisa nous quitta sans un mot devant la porte du jardin des Zanetti. Je chargeai Memmu de retrouver Dorothéa et de la ramener à Torra nera. Le soir même, je reçus la visite de Petru.

Je me tenais dans la cuisine, attendant le retour de Dorothéa. Je crus que c'était elle qui frappait à la porte. Petru vit ma déception.

« Tu ne m'attendais pas, mais qui attendais-tu ?

— J'attendais Dorothéa, qui m'a quitté ce matin et dont j'ignore où elle a fui.

— Elle reviendra. Je suis venu te parler de ma femme. Je sais qu'elle est venue te voir souvent. De quoi parliez-vous donc ?

— Pourquoi ne pas le lui demander ?

— Elle ne me parle plus. Elle reste dans le silence pendant des heures. Je ne sais plus quoi faire.

— Pourquoi t'adresser à moi ? Je ne comprends pas.

— Parce qu'elle l'a fait d'abord.

— C'est Agnès qui l'a amenée chez moi. Elle

139

est revenue quelquefois, par simple curiosité, c'est tout.

— Que puis-je faire?

— Personne ne peut rien pour elle.

— Es-tu amoureux d'elle?

— Non. Je crois ta femme malade. Elle a besoin de grand air. Ne la prive pas de ces promenades à cheval pour une absurde histoire de jalousie qui n'a pas lieu d'être.

— Je te crois. Je l'encouragerai donc à sortir avec toi et Memmu. Jamais seuls, c'est compris? J'ai ta parole?

— Tu l'as. Va-t'en maintenant et ne reviens plus chez moi sans en être prié. Memmu te chasserait. »

Il se passa encore deux jours avant que Memmu ne vienne m'avertir que Lisa voulait faire une nouvelle promenade.

Dorothéa restait introuvable. Elle me manquait. Je dormais dans son lit; je cherchais la chaleur de ses mains sur mon visage. J'avais déposé près du lit les pierres et le peigne d'écaille qu'elle m'avait donnés.

De ces sorties matinales, je n'ai plus qu'un vague souvenir. La fièvre même de l'attente était retombée. Je préparais Joyeuse, l'amenais devant la porte du jardin et, à l'heure dite, Lisa venait. Memmu nous précédait.

Cependant, un matin, alors que nous cheminions comme à l'ordinaire, Memmu s'approcha et me dit à l'oreille : « Pourrais-je vous attendre, d'ici une heure, à l'entrée de Zigliaro ? J'ai à faire. »

Je demandai la permission à Lisa qui la lui accorda aussitôt. Memmu remercia et s'en fut.

« Pourrions-nous pousser jusqu'à Foscolo ? dit Lisa.

— Cela vous ferait plaisir ?

— Ne cherchez pas à me faire plaisir, Mattéo.

— Je crains que ce ne soit un peu éloigné. Nous arriverions en retard. Petru et votre belle-mère vont s'inquiéter.

— Ne vous souciez pas de leur inquiétude. Cherchez seulement de répondre à la mienne. »

À ces mots, je tressaillis.

« Allons-y », dis-je.

Lisa voulut que nous fassions à pied la centaine de mètres qui nous séparait de la cabane. Je passai devant. Lisa semblait redouter un danger. Elle était pâle.

« Je ne reconnais rien de ces lieux », murmura-t-elle.

Je soulevai la pierre où je cachais la clé ; elle n'y était pas. Je m'approchai, fis signe à Lisa de se tenir à l'écart et poussai la porte. Dorothéa était là, assise par terre, l'air hagard. Je me penchai vers elle, lui parlai à voix basse. Elle ne semblait pas entendre ma voix. Je pris une couverture et l'enveloppai dedans. Lisa était entrée.

Elle se mit près de Dorothéa et lui prit les mains. J'allumai du feu, préparai du café et en servis une tasse à Dorothéa. Je l'approchai de ses lèvres ; elle détourna la tête, mais je la forçai à boire. Dorothéa grelottait. Elle n'avait pas dû se nourrir ni boire depuis plusieurs jours. Je l'aidai à se relever et la fis s'approcher du feu. Je la pris dans mes bras et soufflai dans son cou pour la réchauffer. Elle se tourna vers moi et me montra la trace blanche du cercle qui était interrompue.

« J'ai jeté la tête du mouflon dans la rivière, dit-elle.

— Tu as bien fait, dit Lisa. Nous n'avons plus besoin désormais de nous encombrer de quoi que ce soit. »

Dorothéa hocha la tête. Dans la pénombre, à peine éclairée par la lueur du feu, son profil d'oiseau paraissait encore plus pointu. Lisa lui tenait la main. Dorothéa ferma les yeux.

« Il faut faire venir Agnès. Dorothéa a besoin de soins.

— Appelez Petru, dit Lisa.

— Petru ne pourrait rien pour elle. Attendez ici avec Dorothéa. Le temps que je prévienne Agnès et je reviens vous chercher.

— Je resterai ici le temps qu'il faudra. Ne craignez rien pour moi. Je suis libre. »

Je me penchai vers Lisa, effleurai ses cheveux, retirai le peigne qui retenait sa chevelure et le gardai. À la lumière du jour, je vis qu'il était semblable à celui que m'avait donné Dorothéa.

« Laissez-moi seule, dit Agnès. Revenez demain. Vous aussi, madame Lisa. »

Memmu rentra les chevaux à l'écurie. Je restai un instant devant la porte du jardin avec Lisa. Avant de nous quitter, je pris sa main dans la mienne et lui rendis le peigne.

« Je ne viendrai pas », dit Lisa.

Je compris que je ne la verrais plus. Quand Memmu voulut être de nouveau mon messager, je refusai ; je savais que c'était inutile.

Lisa prit l'habitude de se promener seule, le matin de bonne heure. Elle portait des bottines à bouts ferrés pour ne pas glisser sur le sol glacé et le bruit de ses pas résonnait sur le chemin caillouteux. Tapi derrière le mur du jardin, je l'épiais. Une heure après, Lisa revenait, j'entendais le bruit des bouts ferrés des bottines qui martelaient le sol, la porte du jardin s'ouvrir et se refermer et, quand je n'entendais plus rien, je rentrais à la maison.

Cette folie, qui me tourmentait alors, rendait les jours semblables aux nuits, et moi-même sourd, muet et aveugle à tout ce qui n'était pas ce bref instant de joie, aussitôt obscurcie, où j'apercevais Lisa Zanetti qui partait en promenade. Il me faut reconnaître combien depuis mon cœur s'est endurci. Mais ce fut alors que je croyais être anéanti que je vécus le meilleur et le souvenir de ces jours, réduits à l'attente de l'apparition de Lisa Zanetti dans la ruelle, pèse sur ma vie comme une ombre, qui la ternit à jamais.

Lisa à peine entrevue, je ne vivais plus que dans l'espérance de la revoir. Je ne parlais plus à personne, ne voulais pas voir Agnès, qui d'abord s'en inquiéta, puis attendit que je renonce à cette terrible solitude. Dorothéa était silencieuse et s'éclipsait dès qu'elle le pouvait.

Memmu m'avoua, bien plus tard, que je faisais peur à voir. « Vous sembliez, me dit-il, ne rien voir de ce qui était autour de vous. Je vous surveillais, craignant que vous commettiez une folie. »

Une quinzaine de jours s'écoula. Je me souviens que Memmu avait entrepris de brûler les mauvaises herbes et passait ses journées à travailler dans le jardin. Il tournait autour de moi sans oser m'adresser la parole.

Un matin, il n'y tint plus.

« L'oisiveté n'est pas bonne pour l'esprit, monsieur Mattéo, dit-il.

— Que dois-je faire, Memmu ?

— Voulez-vous porter ce bois et le ranger sous l'escalier ?

— Oui », dis-je.

Memmu avait les yeux emplis de larmes.

« Cessez d'obéir, monsieur Mattéo, je vous en prie. Cessez d'obéir. »

144

Je ne le revis plus de tout le jour.

Je me rappelle l'effet prodigieux que ses paroles eurent sur moi. Je me sentis plein de force. Toute la journée, je charriai du bois. Le soir, j'avais les muscles noués, le dos me faisait mal, j'étais rompu de fatigue, mais je me sentais libre, délivré de l'attente : je jubilais.

Je demandai à Dorothéa de partager mon repas. Quand je l'invitai à me suivre dans ma chambre, elle ne se déroba pas, mais je vis qu'elle acceptait à contrecœur. Je m'endormis alors qu'elle n'avait pas encore éteint la lumière. Au matin, mon lit était vide.

Je vois bien maintenant que je n'avais pas compris le sens des paroles de Memmu : je n'avais pas cessé d'obéir, j'en avais eu l'illusion ; j'étais demeuré dans l'erreur. Il m'avait semblé agir et non me contraindre. Parce que j'étais sorti de cette torpeur qui m'empoisonnait, je me sentais vivre de nouveau et prêt à tout pour reconquérir Lisa Zanetti.

Le lendemain, avant l'aube, je partis pour Foscolo et me postai. Comme Lisa apparaissait au détour du chemin qui y conduisait, je surgis devant elle et lui barrai le passage. Lisa recula. Apeurée, elle regarda autour d'elle, fit demi-tour et se mit à courir. Je la rattrapai, la forçai à s'arrêter.

« Je ne vous veux aucun mal, dis-je.

— Laissez-moi tranquille. Je ne veux plus vous voir.

— Je peux sauver Petru...

— Je suis fatiguée de ces histoires, Mattéo.

— C'est maintenant qu'il court le plus grand danger.

— Ne recommencez pas. Laissez-moi.

— Vous ne semblez pas comprendre. Je sais quand Petru doit mourir. »

Lisa marchait vite, elle s'arrêta et me fit face. Elle avait pâli ; ses lèvres étaient blanches.

« Que puis-je faire ? dit-elle d'une voix mal assurée.

— Si vous tenez votre parole, je tiendrai la mienne.

— C'est donc cela. Vous n'êtes pas satisfait cette fois de la tournure que prennent les choses ?

— Vous avez tort de croire cela et je vous en donnerai la preuve.

— Quelle preuve ? Comment saurai-je que vous dites la vérité, que vous ne mentez pas une fois de plus ?

— Je ne vous ai jamais menti et je vous en donnerai la preuve formelle. Tout le monde l'aura, cette preuve.

— Eh bien, que dois-je faire ?

— Venez d'ici à trois jours à l'heure habituelle, dans l'écurie.

— D'accord, dit Lisa. Maintenant partez. Autrement vous ne me verrez plus. »

Tout recommença, mais cette fois, ce fut encore pire. J'avais décidé de mentir et, pour mentir à Lisa, je devais mentir à tous, ce que je fis sans l'ombre d'un remords.

Le lendemain matin, j'entendis la porte du jardin s'ouvrir, le bruit des pas de Lisa, mais je ne tremblais plus. Une heure plus tard, je sellai Beau. Je passai la journée à courir la campagne, sans boire ni manger, et ne revins à Torra nera qu'à la nuit tombée.

XIV

J'attendis en vain Lisa Zanetti. Elle ne vint pas
à notre rendez-vous. Je ne lui en voulus pas. Noël
approchait. Il fallait laisser passer du temps.

La vie reprit son cours ordinaire. À deux ou
trois jours de Noël, Agnès vint chercher Dorothéa. Elle avait besoin d'elle pour faire les arcs
de triomphe garnis de buis, de houx et
d'oranges amères que l'on élevait dans les rues.
Les femmes et les enfants s'affairaient dans
les ruelles qui conduisent à l'église. Le soir
de Noël, on fait brûler des écorces d'oranges
amères et la nuit est parfumée de cette odeur
âcre, qui s'insinue partout. D'habitude, j'aime à
regarder les doigts experts tresser les guir-
landes, entendre les voix ordonner aux enfants
de les accrocher au sommet des arcs, mais cette
année-là je restai seul dans la grande maison
déserte.

Je n'avais pas revu Lisa depuis notre rencontre
sur le chemin de Foscolo. Je le savais par Agnès,

Petru lui avait proposé de retourner vivre à la ville, mais Lisa avait refusé.

« Toutes les choses me sont désormais égales », avait-elle dit.

Un médecin d'Ajaccio était venu lui rendre visite. Il avait passé la journée avec Lisa. « Votre femme souffre de mélancolie, avait-il dit à Petru. Elle s'ennuie. Faites-lui un enfant, ça l'occupera. »

« Il se trompe, dit Lisa. Qui peut savoir mieux que moi de quoi je souffre ? Ce n'est pas un état passager. C'est l'idée de la fin du monde, dont on ne guérit pas. »

Petru ne pouvait plus approcher Lisa. Il passait de plus en plus de temps à Ajaccio. Il lui arrivait même de ne pas rentrer le soir. Prenant prétexte de son travail, il avait loué un petit appartement.

« Une garçonnière », avait dit Lisa avec amertume.

Agnès veillait sur Lisa, respectait ses silences, ne lui reprochait pas ses crises de larmes, comme le faisait la signora Irena, et la consolait toujours. Ainsi le mal noir de Lisa était passé.

Je n'épiais plus Lisa, ni la maison Zanetti. Aux heures chaudes de la journée, j'allais dans le jardin. Je lisais ; je récitais de la poésie. Je n'arrivais pas à épuiser une beauté qui m'émouvait aux larmes.

Agnès, venue à l'improviste, me surprit disant des vers.

« Tu devrais le faire pour elle.

— Non. »

Je l'invitai à venir le lendemain avec Lisa. J'étais dans le jardin quand Dorothéa annonça leur venue. Je ne m'étonnai même pas de les y voir un instant après.

L'air était vif. Agnès alluma un feu d'herbes sèches qui se consuma vite. Lisa se plaignit qu'elle avait froid, nous allâmes dans le salon. Le feu était allumé ; il y faisait bon. Dorothéa servit le café. Je la priai de rester et chuchotai quelques mots à son oreille.

Dorothéa se tenait debout près de moi, les mains croisées, elle prit son souffle et chanta doucement :

Aghju cridutu di sente in la corsa di lu fiume

A voce di lu mazzeru po s'hè persa ne le schjume

A m'hè parsu nant'à l'acqua vede sparghjesi un lume[1]...

À la fin de la chanson, Agnès se signa.

Lisa dit : « Chante encore, Dorothéa. »

Nous nous abandonnâmes à une douce torpeur. Memmu interrompit notre rêverie : « Madame

1. « Il m'a semblé entendre dans le lit de la rivière la voix du mazzeru/Puis elle s'est perdue dans le bouillonnement de l'écume/Et j'ai cru voir une lumière se répandre sur les eaux... » *Credenza* (Croyance), chanson composée par P. Groce et S. Luciani, traduite par Chj. Thiers.

Lisa, dit-il, la signora Irena vous réclame. Il faut vous préparer pour la messe de Noël.

— Je rentrerai plus tard. Je reste ici. Va le lui dire, Memmu. »

Il était plus de neuf heures quand nous sortîmes dans le jardin. Je raccompagnai les deux femmes. La rue embaumait. Je pris une orange, l'épluchai, en donnai la moitié à Lisa. Elle mordit dedans. Le jus dégoulina sur son menton ; elle s'essuya d'un revers de manche et fit la grimace.

« À votre tour », dit-elle.

Nous nous mîmes à rire.

« Vous viendrez à la messe, Mattéo ? demanda Lisa.

— Oui. Et Petru ?

— Petru est de garde à l'hôpital.

— Rentrons », dit Agnès.

Avant de partir pour la messe, j'allai dans la chambre des dames, décrochai un manteau de couleur bleue à grand col, qui avait appartenu à ma mère, et le donnai à Dorothéa.

J'eus l'illusion ce soir-là que Lisa revenait doucement à la vie, qu'Agnès ne mourrait jamais et que Dorothéa ne fuguerait plus. J'avais oublié la malédiction qui pesait sur Petru Zanetti, la chasse nocturne du printemps, la mauvaiseté qui me dévorait le cœur.

XV

Je me croyais réconcilié avec moi-même. Cela ne dura pas. Peu après l'Épiphanie, au plus fort de cet hiver 1939, le désir de chasser reprit certains jusqu'à la folie. Ils suivaient la trace d'un solitaire depuis des semaines. On me demanda de participer à la traque.

« Il est silencieux et rusé. Il suit les renards qui couvrent son odeur et met les chiens sur une fausse piste. C'est un *sfacciatu*[1], celui-là », dit Jean Andréani.

Memmu refusa de venir.

« Je n'aime pas leur façon de chasser, dit-il.

— Quelle façon, Memmu ?

— Un solitaire, ce n'est pas rien. Ce doit être un combat loyal et je doute qu'il le soit avec des gens de cette sorte.

— Je ne vois pas ce que tu leur reproches. La plupart d'entre eux sont tes amis.

1. Qui n'a peur de rien, qui vient vous narguer.

— Pas tous. »

Je me tus et ne cherchai pas à comprendre. Je me demandai si la mauvaise humeur de Memmu ne venait pas de l'invitation inattendue que l'on m'avait faite. Je le crus jaloux, mais ces sentiments étaient étrangers à Memmu, et je ne fus pas long à reconnaître qu'il avait eu raison de ne pas venir.

La veille de la chasse, j'allai dormir à Foscolo. Je me levai avant l'aube. Il faisait froid, la marche me fit du bien. Je rejoignis les autres chasseurs à la rivière. Sur les rochers qui affleuraient, dans la lumière incertaine, les traces de gel brillaient comme des petits trous de lumière glacée. Les berges étaient gelées. J'avais pris un fusil de mon père que j'avais passé la soirée à graisser et à nettoyer et avais glissé la mazza dans mon ceinturon. Le ciel était nuageux. À travers les arbres, perçait un peu de clarté que nous perdrions quand nous nous enfoncerions sous le couvert du bois de Foscolo. Jules Manzoni et un autre avaient relevé les traces du passage du sanglier et indiquaient les endroits où il fallait se poster. Les chiens étaient excités et bruyants. Antoine Zucchi, l'homme aux chiens, les fit taire, et indiqua aux hommes les autres postes à tenir. Moi, je devais attendre près de la clairière. C'était un bon poste. Si le sanglier était bien rabattu, il y avait toutes les chances pour qu'il arrive à la clairière et je pourrais le tirer.

C'était Jean Andréani qui dirigeait la chasse. Il connaissait le pays comme personne et il était le plus ancien.

« Il fait froid, dis-je.

— Oui, dit Jean Andréani. Il est temps. Mettons-nous en marche. »

Il donna le signal du départ et nous nous dispersâmes. L'attente fut longue. J'avais froid. Des taches de lumière trouaient la voûte des grands arbres. Il y avait une brume mauve éclairée par cette lumière avare. J'étais transi, mais ne bougeai pas, les pieds ankylosés, les doigts gourds. Je pris mon fusil, ma joue frôla l'acier et le froid de l'acier me glaça jusqu'aux os. Soudain, j'entendis un remuement, un bruit de feuilles écrasées, de branches cassées et presque en même temps les aboiements des chiens. Aussitôt la chaleur reflua en moi. La traque avait commencé. Les jeunes chiens furent lâchés, suivis des chiens maîtres et du chef de meute qui donnait de la voix. Le sanglier était débusqué. Je dévalai en courant la pente qui me séparait de la clairière. D'abord, je ne vis qu'une masse sombre, immobile, ramassée sur elle-même, puis je vis le sanglier : il était énorme. Je n'en avais jamais vu d'aussi gros. Le fracas des aboiements et des voix remplissait le bois. Les hommes s'appelaient, se répondaient, pour couper au sanglier sa retraite. L'écho de leurs voix donnait l'impression que le bois entier était cerné, la fuite impossible. Le sanglier fit face aux chiens. Les chiens maîtres s'écartèrent, deux jeunes chiens furent éventrés et piétinés, un autre réussit à se glisser sous le ventre du sanglier et à l'immobiliser.

Jules Manzoni sortit d'un fourré. La vue de ses deux chiens morts le mit hors de lui. Il s'approcha du sanglier et tira à bout portant une décharge de chevrotines dans la hure. Le chien avait lâché prise et s'était enfui en hurlant. On entendit plusieurs coups de feu qui venaient de plus haut. Quelqu'un cria : « Venez vite ! »

C'était, je l'appris plus tard, un jeune garçon qui avait tiré. Il était devenu comme fou de peur et c'était un miracle que personne n'ait été blessé. On avait réussi à le calmer, à lui arracher le fusil des mains, autrement Dieu sait ce qu'il aurait pu faire.

Les chiens gémissaient, Jules Manzoni acheva ceux qui agonisaient. Il y eut un grand silence et les hommes s'agglutinèrent autour de l'animal mort et commencèrent à tirer sur lui, chacun à leur tour. Ensuite, ils tapèrent sur la bête avec la crosse de leur fusil. Je voyais les fusils se lever et s'abaisser ; j'entendais le bruit mat de la crosse qui frappait le cuir du sanglier. Les chiens lapaient le sang, déchiraient les chairs meurtries et couraient se réfugier dans le bois pour se repaître de leur butin. Ils revinrent à l'assaut une dernière fois, mais leurs maîtres les chassèrent à coups de pied. Les hommes tapaient sur l'animal de plus en plus fort ; ils ahanaient ; certains juraient, blasphémaient ; leur chemise était trempée de sueur ; enfin, ils sortirent leur couteau et dépecèrent ce qu'il restait de l'animal gisant, jetèrent les morceaux aux chiens qui sautaient pour les attraper. Les hommes avaient du sang jusqu'aux coudes, leur visage en était éclaboussé.

« C'est assez », dit Jean Andréani.

Les hommes reculèrent et allèrent s'asseoir un peu plus loin. Je m'approchai du sanglier, il n'en restait plus rien, que les grès luisants et ensanglantés. Je regardai les hommes. L'un d'entre eux alluma une cigarette ; je levai la mazza et frappai. Je cassai net les deux grès. Je pris les morceaux brisés et les leur montrai. Les hommes poussèrent un long cri qui libéra leur joie sauvage et mauvaise. Ensuite, tout retomba dans le silence. Personne n'osait lever la tête ni se regarder. Je restai debout, à l'écart.

Au bout d'un moment, Jean Andréani se leva et s'approcha de moi.

« Sgiò Mattéo, dit-il — et c'était la première fois qu'il me donnait ce titre —, il ne faudra rien dire. Il faut garder le secret de cette chasse. Les hommes devront réapprendre les règles et je ne sais si ces chiens seront encore bons à quelque chose. J'ai connu Marcu Silvarelli. Seul un mazzeru peut empêcher que cette chasse barbare recommence.

— Oui, dis-je, mais Marcu Silverelli n'y a jamais participé.

— Avez-vous vu quelque chose ?

— Non, je n'ai rien vu, hormis ce que tous ont pu voir. »

Jean Andréani rejoignit les autres.

« Il faut aller à la rivière, dit-il. Nettoyez vos fusils et vos bottes. Les femmes ne doivent rien soupçonner. »

Ils s'exécutèrent sans dire un mot. Le jeune garçon qui avait tiré fermait la marche. Il passa devant moi et je vis qu'il avait pleuré. J'allai à la cabane me changer et rentrai à Torra nera.

« Les hommes étaient de mauvaise humeur, dit Agnès. Voilà bien trois semaines qu'ils n'ont rien pris.

— Ne passe pas par le sentier qui longe le bois de Foscolo, près de la clairière.

— Ah ! dit Agnès, ils ont recommencé.

— J'en étais sûr, dit Memmu.

— Tu les as vus ?

— J'y étais.

— Les voilà encore assoiffés de sang, comme après la guerre. Je ne sais ce qui trouble les esprits. Peut-être cet hiver qui ne finit pas ?

— On parle d'une autre guerre qui se prépare, dit Memmu. Le curé dit que l'Angleterre, la France et l'Allemagne se sont entendues pour ne pas la faire. Enfin, à ce qu'il paraît. Il n'y était pas à leur réunion, et moi non plus. »

Je m'entends encore répondre à Memmu : « Que nous importent toutes ces histoires ?

— Elles nous importent plus que vous ne croyez », dit Memmu, et il s'en alla sans même nous saluer.

XVI

Je n'eus pas la bonté d'âme de Marcu Silvarelli. Les chasses sanglantes recommencèrent. Je n'y participai pas, ne tentai pas de les faire cesser. Agnès s'en chargea. Elle avertit les femmes. Jean Andréani vint me trouver. Il me remercia.

« Je n'y suis pour rien, dis-je. Il faut remercier Agnès.

— Agnès ne fait rien sans votre consentement, tout le monde le sait », dit Jean Andréani.

Il souleva son chapeau, salua et partit.

J'évitais ceux avec qui j'avais chassé près de la rivière. Les images de cette chasse sanglante me poursuivaient ; je ne trouvais plus le repos, ne quittais presque pas Torra nera, allant rarement au café, parlant peu avec Memmu, qui était d'humeur sombre : l'état d'Antoinette empirait.

J'allai trouver le prêtre et m'accordai avec lui sur ce que je devais faire. Je fis venir Agnès.

« Agnès, dis-je, j'ai sauvé Petru... »

Comme je lui parlais, mon étonnante facilité à mentir me stupéfia et m'épouvanta à la fois. Je me tus, en proie à ces pensées et à ces obsessions qui me hantaient depuis des mois.

Agnès était suspendue à mes lèvres.

« Eh bien, Mattéo ! »

Au son de sa voix, je sursautai. Je repris mon récit, la gorge nouée.

« Au moment où les fantômes pénitents allaient traverser le torrent, j'ai ouvert le cercueil. Ils ont disparu aussitôt. Petru n'a plus rien à craindre. »

La sueur me coulait dans le dos ; mes mains tremblaient. Le mensonge me jetait dans un tel trouble qu'Agnès crut que c'était l'évocation de cette scène affreuse qui me bouleversait.

« Reprends-toi, Mattéo. Tu dois te protéger maintenant, dit-elle. Ta vie est en danger. Les âmes errantes ne te laisseront pas en paix. Que vas-tu faire ?

— Ne te préoccupe pas de moi. Va dire à Lisa Zanetti que dimanche prochain à onze heures, elle aura la preuve que je dis la vérité. »

J'appelai Dorothéa et lui demandai de veiller sur moi comme elle l'avait fait si souvent. Elle m'apporta de l'eau-de-vie. Je bus jusqu'à être abruti par l'ivresse et sombrai dans le sommeil.

Je fis un rêve que j'avais déjà fait plusieurs années auparavant. C'était le rêve du mazzeru qui m'avait appelé et initié à la chasse rêvée alors que je n'étais qu'un jeune homme. Le mazzeru était mon oncle, Siméon, le frère de mon père, mort à la guerre et dont le corps n'a jamais été retrouvé.

Le bruit d'une persienne battue par le vent m'éveilla alors que le mazzeru allait parler. Dorothéa s'était assoupie. Je la réveillai.

« As-tu entendu quelque chose ? Ai-je parlé pendant mon sommeil ?

— Non, dit-elle. J'ai veillé jusqu'à l'aube et je n'ai entendu aucun bruit.

— J'ai rêvé de mon oncle Siméon. Celui qui est mort à la guerre. C'est mauvais signe, ce rêve », dis-je tout bas.

Dorothéa ne répondit pas. Je passai les deux jours qui me séparaient du dimanche à boire et à dormir. Dorothéa ne me quitta pas. Je lui avais dit ce que je devais faire.

XVII

L'église était bondée. Lisa occupait la première travée, accompagnée de Petru, de la
signora Irena et d'Agnès. Je traversai la nef,
regardant droit devant moi, Dorothéa me toucha le bras ; je me tournai : tante Nunzia était là,
en grand deuil. Elle me parut encore plus
maigre dans ses vêtements noirs. Elle avait un
éventail qu'elle agitait nerveusement et qui faisait un bruit sec quand elle le refermait. Je la
dépassai sans lui jeter un regard, demandai à
Dorothéa qui l'avait fait prévenir.

« C'est moi », chuchota-t-elle.

À la fin de la messe, tous les regards se tournèrent vers moi. Je vis que Lisa fit un mouvement pour partir, mais Petru lui prit le bras, lui
dit quelque chose à l'oreille et elle resta à sa
place. Si Lisa était partie, sans doute aurais-je
moi-même quitté l'église, mais elle ne bougea
pas. Je m'avançai au milieu de la nef, le prêtre
retira des chaises et me fit signe de m'age-

nouiller. Il tenait l'ostensoir devant son visage, murmurait des prières d'une voix sourde, invoquait les saints et l'assistance répondait : « *Ora pro nobis.* » Le prêtre se rapprocha de moi jusqu'à ce que son visage touche presque le mien, me demanda si je voulais me confesser et si je le faisais de mon plein gré. Je répondis que oui. Il me dit alors de le faire d'une voix forte afin que personne ne puisse dire qu'il n'avait pas entendu.

« Défiez-vous de moi, dis-je. Je suis celui qui tue. Je suis mazzeru.

— Plus fort ! » dit le prêtre.

Un enfant de chœur balançait l'encensoir qui libérait, en même temps que le parfum de l'encens, une fumée épaisse et blanche. Elle restait suspendue dans l'air un instant et se défaisait comme l'haleine des chevaux par temps de neige. La fumée de l'encens m'empêchait de distinguer les visages. Un autre enfant de chœur, portant un sac, se plaça devant le prêtre et le lui présenta. Le prêtre prit une poignée de cendre, la répandit sur ma tête, il tourna autour de moi, puisa encore de la cendre dans le sac et la jeta sur moi.

La poussière m'aveuglait. J'avais le visage couvert de cendre ; mes vêtements étaient souillés ; je voyais les mains grises du prêtre qui s'agitaient devant moi. Je tombai face contre terre. Le froid du pavement me fit tressaillir. J'avais dans la bouche un goût de cendre. Je respirais mal, il me semblait qu'un râle sortait de ma poitrine. Je fermai les yeux.

J'entendis le bruit des chaises, la rumeur de la foule qui sortait, le bruit de la porte qui se refermait et tout retomba dans le silence. J'ouvris les yeux, l'église était plongée dans la pénombre. Le prêtre était parti. Je restai étendu sur le sol. Une main effleura mon épaule. C'était Dorothéa. Elle s'agenouilla près de moi, m'essuya le visage avec un linge, prit de la cendre sur mes vêtements et sur le sol, s'en frotta les paumes puis le visage et, avec le pouce, elle fit sur mon front le signe de croix. Je me relevai, secouai mes vêtements et de la poussière grise vola dans le rai de lumière que donnait le vitrail.

Nous sortîmes de l'église. Le parvis était désert. Dorothéa me précédait. Nous rentrâmes à Torra nera. Je me lavai et mis des vêtements propres. Dorothéa plia ceux qui étaient souillés de cendre et les rangea dans la chambre des dames.

Je ne sortais plus. Je ne voulais plus voir Lisa. J'avais peur de la croiser. Moi qui ne rêvais que d'elle, je redoutais une rencontre. Je crus que cette inquiétude éteindrait ma passion. Je me trompais, mais alors Lisa n'était plus que le témoin de ma honte. C'était tout différent du plaisir obscur que j'avais pris à me faire voir dans le jardin, en compagnie de Caterina, cette vive impudeur, presque joyeuse, à laquelle je m'étais abandonné avec volupté.

Que pensait-on de moi ? Cette question avait remplacé l'obsession que j'avais de Lisa. Je ne m'étais jamais préoccupé de l'opinion, allant même jusqu'à la braver, mais, cette fois, j'avais le sentiment de n'être plus maître de ma propre vie. J'étais soumis à cette honte endurée à l'église et, alors même que je croyais l'avoir surmontée, les images, les sons, le murmure des prières me revenaient sans cesse à l'esprit.

Je restais confiné sous les combles, passant mes journées allongé sur le lit. Chaque matin, Dorothéa me déshabillait et me lavait. Elle cherchait à effacer le goût de la cendre par celui de l'eau.

Ce trouble où m'avait jeté la confession publique m'avait fait oublier la peur des mazzeri et leur puissance, mais je n'éprouvais pas de soulagement d'échapper à cette peur, de ne plus songer à Lisa, comme si ces choses étaient lointaines et n'eussent jamais existé. J'aurais tout donné pour avoir laissé le destin s'accomplir. Aimer Lisa sans être aimé en retour n'était rien, comparé à l'angoisse qui me nouait les entrailles.

Memmu passait me voir à la fin de sa journée. Il esquivait mes questions : « Les gens sont oublieux », disait-il. Mais, un matin, il rencontra tante Nunzia et il vint tout me dire.

Tante Nunzia attendait l'autocar pour Ajaccio. Elle était restée quelque temps chez sa cousine Josépha. Elle n'avait pas eu la force ni le cœur de rentrer à Ajaccio dans cet état. « Un mazzeru repenti ! » dit-elle. Non, jamais elle n'aurait cru que je lui fasse endurer une telle honte et, pour la première fois de ma vie, j'étais d'accord avec elle. J'envoyai chercher Agnès. La signora Irena lui avait interdit de venir me voir et Agnès me fit dire qu'elle ne pouvait lui désobéir. Il me sembla être déchu.

J'essayai de trouver une consolation dans la lecture des carnets de mon père. Je ne connus plus cette joie égoïste qui me faisait parfois tressaillir au détour d'une phrase. La lecture me laissa froid. Je relevai cependant que, quinze ans plus tôt jour pour jour avant ma confession publique, mon père avait noté que l'abbé Fouquet, alors à Rome, sollicita Poussin ; il voulait son avis sur les peintres de son temps pour le communiquer à son cousin, Nicolas Fouquet, qui bâtissait le château de Vaux. Poussin répondit : « Il n'y a plus personne dans la peinture qui y soit tolérable et je ne vois pas même venir personne ; cet art va tomber d'un coup. »

Après avoir lu ces lignes, je jetai ce carnet au feu. Le signet de soie rouge vif s'en détacha, je n'eus pas le cœur de le brûler et le gardai ; je l'ai encore.

À quelque temps de là, Memmu vint m'appeler dans la nuit. De la manière dont il cria mon nom, je sus qu'il était arrivé un malheur. C'était Antoinette.

« Je ne m'attendais pas, dit Memmu, à ce que cela arrive si vite. »

Dorothéa s'occupa de tout. Elle reçut la famille, prépara les repas, organisa les funérailles. Après que nous fûmes revenus du cimetière, nous étions dans la cuisine, Memmu la remercia. Dorothéa dit dans un souffle : « Ce n'est rien. J'ai payé mon dû », et Memmu éclata en sanglots.

Après l'enterrement, Agnès était rentrée chez elle. En fin d'après-midi, elle me fit appeler. C'était par respect du deuil de Memmu qu'elle n'était pas venue à Torra nera, dit-elle.

La maison d'Agnès est petite et sombre. La pièce où je fus reçu était mal éclairée, les volets fermés ; une lampe à pétrole brûlait sur un coin de la table. Agnès avança une chaise, me fit signe de m'asseoir et se tint debout près de l'âtre. Elle n'avait pas enlevé le foulard de crêpe noir qu'elle portait à l'église. Il lui couvrait la moitié du visage et cachait ses yeux.

« Quand on me l'a dit, je ne voulais pas le croire. Pourquoi ? » dit Agnès.

Cette confession publique, qui était pour moi un simulacre, une fois faite devant tous, me forçait à être ce que je croyais avoir seulement joué :

c'est ce que je compris dès qu'Agnès posa sa question.

« Il suffisait de te faire baptiser, Mattéo. Tu te serais rendu à l'église, à l'aube, sans témoins, sauf moi ou Memmu, alors que...

— Le prêtre a refusé de me baptiser.

— Pourquoi ne pas m'en avoir parlé? Pourquoi avoir gardé le secret?

— On a tous besoin de secret pour avoir la force d'agir et même parfois d'agir contre soi ou contre les siens.

— Contre les siens? Que veux-tu dire, Mattéo?

— Je ne sais pas, Agnès. La mort d'Antoinette m'a bouleversé...

— Nous nous y attendions depuis si longtemps! Non, Mattéo, ce qui te bouleverse, c'est ta confession publique... Pour toi, c'est un aussi grand malheur que la mort d'Antoinette?

— Un plus grand peut-être, dis-je à voix basse en frissonnant.

— Tu as froid? » dit Agnès.

Elle ajouta une bûche, souffla sur les braises. Le feu reprit et éclaira la pièce d'une lumière jaune. Nous restâmes longtemps silencieux. Agnès fit du café, le servit.

« Sais-tu, dit Agnès, que ta grand-mère, Julia, est partie en 18 chercher la dépouille de son fils? Elle est restée plusieurs mois sur le continent, parcourant les cimetières, les champs de bataille. Elle est revenue désespérée d'avoir échoué et n'a jamais pardonné à ton père de ne pas avoir fait la guerre. Elle l'a dit à ma mère : "J'aurais préféré les perdre tous les deux plutôt que vivre dans la honte."

— Grand-mère était folle ! Mais qu'importe aujourd'hui ces vieilles histoires ? Pourquoi y revenir encore ?

— Julia Moncale avait raison, voilà pourquoi je te raconte ces vieilles histoires. Ton père a payé le prix du sang versé et toi, tu le paieras à ton tour. Les âmes errantes ne te laisseront pas en repos. Fasse le ciel que tu n'aies pas menti ! »

Je me levai. Agnès m'accompagna.

« Pourquoi mentir ? Je ne veux plus voir Lisa Zanetti. Cela ne te suffit pas ?

— Non, dit Agnès, cela ne me suffit pas. »

Il faisait nuit quand je quittai la maison d'Agnès. En rentrant à Torra nera, je rasai les murs, j'avais peur d'être vu. Une fois la porte de ma chambre refermée, je respirai. La solitude ne m'apportait pas la paix, mais le soulagement de ne plus avoir à mentir.

Memmu radotait. Je l'entendais qui parlait seul et à haute voix, comme si Antoinette était encore vivante. Il lui arrivait même de feindre de se disputer avec elle et puis il se mettait à pleurer, se disant à lui-même : « As-tu perdu la raison ? Quelle est cette voix ? Pauvre Memmu ! disait-il, le chagrin te rend fou. Il ne faut pas que

M. Mattéo ou Dorothéa s'en rendent compte »,
et il repartait dans ses soliloques tout en s'occu-
pant du jardin ou des chevaux ; il y mettait même
plus d'entrain et de zèle qu'à l'ordinaire. Jamais
le jardin ne fut mieux entretenu.

Pour le distraire de sa peine, je voulus l'en-
voyer au café, prendre des nouvelles.

« Mon état m'interdit de fréquenter les cafés.
Je n'irai pas, monsieur Mattéo. Il faut me laisser
tranquille. »

Je dis à Dorothéa que je retournerais vivre
à Foscolo. Memmu se chargerait de la placer
ailleurs. Je montai me coucher. Comme d'habitude, Dorothéa éteignit les lumières après moi.

À l'aube, j'étais dans les écuries. Il avait neigé
pendant la nuit. Une fine pellicule de neige — de
cette neige de printemps brillante et légère, qui
verglaçait les chemins — avait tout recouvert.
Le soleil brillait et l'on entendait le léger cra-
quement de la neige qui fondait et le bruit de
l'eau, très doux, tombant des arbres. Le ciel était
bleu, l'air vif ; il faisait très froid. Je me préparai
à partir pour Foscolo et à faire cesser cette
attente qui me dévastait le cœur et l'esprit.

Je n'entendis pas Lisa Zanetti entrer. Au son
de sa voix, je tremblai si fort que je n'arrivai pas
à sangler Beau. Je continuai à m'affairer pour
que Lisa ne vît pas le trouble où j'étais. Je me
tournai pour la voir. Lisa avait le même regard
que la nuit où elle était venue me trouver à

Foscolo. Je pris son visage dans mes mains et l'embrassai. Je sentis la douceur de ses lèvres, son souffle dans ma bouche, je fermai les yeux.

Un léger grincement de la porte me fit lever la tête. Dorothéa était là qui nous regardait. Elle referma doucement la porte et s'en fut. Lisa ne daigna pas lui jeter un regard.

« Comment saurai-je, dit-elle, que Petru est sauvé ?

— Il devait mourir à la première pleine lune du printemps.

— Merci, dit Lisa. Nous sommes quittes à présent. »

Elle s'habilla et partit. Il me sembla que les rêves avaient plus de réalité que la possession de cette femme.

XVIII

La prédiction ne s'était pas réalisée. Petru n'était pas mort. Je n'y étais pour rien, mais Lisa croyait ou feignait de croire qu'elle me le devait et avait payé sa dette. Je le croyais moi aussi, mais, à peine Lisa eut-elle franchi le seuil de ma maison, je ne rêvais plus que de la retrouver à Torra nera ou ailleurs : je rompis le pacte qui nous liait et lui écrivis un billet, lui ordonnant de me rejoindre. Je le fis porter par Dorothéa, qui m'obéissait en tout.

« Dorothéa a changé, dit Memmu. Ses yeux ne sont plus les mêmes. Ils semblent foncés, comme si le noir avait mangé la couleur. »

Je haussai les épaules. Que m'importait Dorothéa ?

Lisa Zanetti ne vint pas. Je partis pour Foscolo. Je n'y restai pas plus de trois heures. Il neigeait. On se serait cru de nouveau au cœur de l'hiver. Le ciel était couleur de plomb. J'eus du mal à revenir à Zigliaro. Dorothéa se tenait dans la cuisine, auprès du feu. Nous passâmes tout le jour ensemble, contemplant le jardin à travers la vitre embuée de la cuisine, enveloppés, moi dans un châle de ma mère, Dorothéa dans ses frusques qui lui donnaient l'air d'une Gitane. Nous nous couchâmes de bonne heure dans la pièce qui servait de chambre à Dorothéa. Nous vécûmes ainsi plusieurs jours, cherchant à nous réchauffer l'un l'autre, comme font les bêtes, n'échangeant aucune parole.

À Zigliaro, chacun était retranché chez soi, attendant le redoux. Le bruit de l'eau qui s'égouttait des arbres et découvrait les pierres de la route nous apprit, un matin, que le printemps était de retour.

Agnès ne le verrait pas. Elle était morte le premier jour de la tempête et on ne l'avait découverte que quatre jours plus tard. Quand j'appris sa mort solitaire, j'entrai dans une colère folle : je croyais Agnès à l'abri chez les Zanetti.

On dut l'enterrer en toute hâte. Les pelles crissaient en creusant la terre gelée ; j'avais la peau hérissée d'horreur. Dans mon souvenir, la mort d'Agnès resta toujours associée à ce bruit qui me glaçait le sang. Agnès n'avait pas de famille. Les Zanetti recevaient seuls les condoléances. Je rentrai chez moi.

Les semaines qui suivirent l'enterrement d'Agnès, comme Memmu avait cru entendre la voix d'Antoinette, il me semblait entendre celle d'Agnès. Je me surpris à lui parler à voix haute ; je croyais la voir qui disait la prière contre le mauvais œil. Elle posait les mains sur ma tête, se penchait vers moi, son visage effleurait le mien, ses lèvres remuaient à peine, elle murmurait des prières à mon oreille qui allégeaient ma peine.

Ces impressions cessèrent et je connus le désarroi du silence. Comme m'était dure la mort d'Agnès ! Je m'en voulais de n'avoir pas cherché à la revoir. Nous nous étions quittés presque fâchés ; je ne supportais pas cette amertume qui avait présidé à ce que nous ignorions alors être nos adieux. Le soir venu, je me tapissais derrière la porte de Dorothéa. Je l'entendais pleurer. Ses larmes me consolaient de la mort d'Agnès et de celles que je ne pouvais verser : les miennes étaient taries.

Dans la journée, Dorothéa m'évitait. Elle sortait très tôt le matin, rentrait pour préparer le repas et disparaissait à la tombée du jour. Dès le coucher du soleil, elle s'enfermait dans le réduit qui lui avait toujours servi de chambre. Parfois, je me croyais seul, mais le bruit furtif de son pas m'avertissait de sa présence. Je fermai les pièces l'une après l'autre. Dorothéa ne les entretenait plus. Je lui proposai de lui rendre sa liberté. Elle refusa.

« Qu'en ferais-je ? » dit-elle.

Je reçus une lettre du notaire. Agnès me léguait sa maison. Petru l'apprit, vint me trouver.

« C'est injuste, dit-il. Elle a toujours travaillé pour nous et tu ne lui étais rien.

— Je ne garderai pas cette maison ; je la donne à Dorothéa, ce qui la mettra à l'abri du besoin s'il m'arrivait malheur.

— Tu n'as que ce mot à la bouche, dit Petru. J'en ai assez de ce pays de sauvages. Ici, les gens sont tous comme toi, fatalistes, résignés, superstitieux. Je m'en vais. Nous partons cet été pour le continent. J'ai acheté un cabinet à Marseille. J'ai été stupide de revenir. À propos, je vends Goloso, si ça peut t'intéresser.

— Que veux-tu que j'en fasse ?

— Je n'en sais rien. Je te le dis à tout hasard. »

La mort d'Agnès m'avait lavé de la honte. Je ne songeais plus à me cacher. J'errais dans le village pendant des heures. Je connaissais chaque maison, me disais à voix basse le nom ou le surnom de ceux qui les avaient habitées : « Jean, fils de Jules, fils lui-même de Jean le sourd ; Marcu le beau, époux d'Ignazia la folle... » En ressassant cette litanie de noms perdus, tout un monde me revenait à la mémoire et les volets cassés, les portes branlantes, les façades décrépies s'effaçaient. La rue s'animait. Je me rappelais les femmes, au printemps, armées d'un gros pinceau, qui badigeonnaient à la chaux l'encadrement des portes, et les jours de grand vent, les draps qui claquaient, étendus sur une corde

à linge le long du mur, sous les fenêtres du premier étage, les meubles noirs polis qui embau-
maient la cire, les petits pains fourrés d'anchois
que les femmes partageaient, à midi, sur le pas
de la porte. Je rentrais à Torra nera la tête pleine
de bruits et de fantômes.

Dorothéa me servait le dîner et s'éclipsait.
Je ne supportais pas de rester seul, j'allais voir
Memmu.

« Je ne fais rien de bon, disait-il.

— Il y a les chevaux et la chasse.

— Oui, les chevaux, il faudrait les monter, et
la chasse, je n'ai plus envie d'y aller, mais vous-
même ne faites plus rien et n'y allez plus.

— Il n'y a plus de chasse, Memmu. Je ne vois
plus rien. »

Nous disions toujours la même chose. Un soir,
Memmu me dit qu'il n'était pas utile de voir
quelque chose pour aimer chasser. Nous ces-
sâmes d'en parler.

Memmu me demanda la permission de
vendre les chevaux : « Je ne suis plus capable de
m'occuper de rien, ni d'eux ni de moi-même »,
dit-il.

Je ne voulus pas de l'argent qu'il en tira :
« Donne-le à Dorothéa. Donne-lui aussi les clés
de la maison d'Agnès. Qu'elle s'en aille. Cette
fois, je suis résolu à ne plus la voir. »

Dorothéa demanda à Memmu de lui laisser un
peu de temps. Je le lui accordai. Je ne retournai

pas dans la maison d'Agnès et, plus tard, quand Dorothéa l'habita, j'évitais de passer devant.

La grande chasse de nuit du printemps approchait. Comme chaque année, je me préparai et, à la nuit tombée, allai sous le grand chêne blanc, près de la rivière. Il n'y eut pas de chasse cette nuit-là. J'attendis pendant des heures aux aguets, surveillant le ciel, guettant les signes, à l'affût du moindre bruit. En vain. À l'aube, j'entrai dans la rivière jusqu'à la ceinture. Je tapai l'eau de toutes mes forces avec la mazza pour en éloigner les âmes errantes. J'étais trempé. Je m'assis sur la berge, transi de froid. Je regardai l'eau grise ; la rivière semblait se refermer sur elle-même. Je me rappelai les paroles d'Agnès : ils sont tous morts, Mattéo. Ma vie entière m'apparut alors comme un songe. Je fus pris de vertige et perdis connaissance. Ce fut l'eau glacée qui me fit revenir à moi. Je n'étais plus mazzeru. Autour de moi, il y avait le silence de l'aube et ce silence me bouleversa plus que les cris des sorcières de Foscolo. Je n'étais plus moi-même. Je n'existais plus. J'enrageais contre Lisa. Tout était sa faute. Je la haïssais. Quand je rentrai à Torra nera, je réveillai Dorothéa. Je vis dans ses yeux que je lui faisais peur. Je la chassai ; je ne supportais plus son profil d'oiseau effrayé.

Je ne sais combien de temps je demeurai dans cet état. Au pire moment, l'envie de tuer Petru me traversa l'esprit. Je me surpris à l'épier le soir, quand il rentrait. Je finis par renoncer. Je recouvrai des forces. Cette grande mélancolie passa.

Lisa partit dans les premiers jours de juillet. Memmu dit que Petru Zanetti avait tort d'emmener sa femme si loin.

« Si la guerre éclate, Mme Lisa aurait été mieux chez elle, à Zigliaro, que dans une ville étrangère.

— Tu as raison. La guerre ne viendra pas jusqu'à nous. Et nous ne partirons pas à la guerre.

— Je voulais seulement dire que Lisa Zanetti aurait été mieux chez elle. Car nous ne serons pas épargnés. D'ailleurs, pourquoi le serions-nous ?

— Parce que nous sommes hors du monde, dis-je.

— Je ne crois pas que nous soyons hors du monde. Je crois que c'est ce que vous voudriez, dit Memmu. Mais il est trop tard.

— Pour quoi ?

— Pour tout. Moi, s'il y a la guerre, j'irai me battre.

— Je ne crois pas que nous verrons cette guerre.

— Vous avez sans doute raison. Sinon, j'irai à la guerre, moi », dit Memmu.

Trois jours plus tard, je fermai Torra nera et retournai vivre à Foscolo.

Je retrouvai dans la rivière, accroché à une branche flottante, la tête du grand mouflon. Tout le haut du crâne était fracassé, mais le reste était intact. Je le rapportai à la cabane, traçai un nouveau cercle autour de moi.

Je ne dormais plus. Je passais mes nuits à lire à la lueur d'une chandelle. Mes yeux étaient brûlés par les veilles. Je sortais à l'aube car la lumière ne me blessait pas. J'allais à la rivière. Je croyais ma fin prochaine. J'entendais les âmes errantes des eaux vives qui m'appelaient. Quand j'approchais de la rivière, je tapais l'eau de la mazza pour les éloigner, mais je ne le faisais que par habitude. Qu'étais-je d'autre moi-même qu'une âme errante ?

À la nuit tombée, je regardais parfois mon ombre sur le mur. Je rêvais souvent d'une dernière chasse de nuit dont j'étais la proie. Une vie d'homme tient à peu de gestes, à quelques ombres, à des rêves.

Je vécus ainsi, pendant des mois, comme un sauvage.

XIX

À la déclaration de guerre, Memmu vint me trouver et me pressa de rejoindre la caserne d'Ajaccio où j'étais convoqué. Je refusai.

« Mais vous ne pouvez pas rester ici, dit Memmu. C'est la guerre. Vous êtes un chasseur hors pair, vous ferez un bon soldat...

— Non, je ne pourrai pas. Tirer le sanglier et tuer un homme, ce n'est pas la même chose.

— Si tout le monde faisait comme vous...

— Je ne suis pas comme tout le monde.

— Mais, monsieur Mattéo, vous n'êtes plus mazzeru !

— Si je pars à la guerre, je le serai de nouveau. On me prendra pour un barbare. Qu'irait faire un mazzeru à la guerre ? Et si on m'envoie sur le continent ? Je serai moqué, incompris. Non. Je ne peux pas.

— Vous pourriez rester à Ajaccio. Vous avez des amis et...

— Je me ferai horreur si, en de telles circonstances, j'usais de mes privilèges.

— Mais les gendarmes vont vous rechercher...

— Les gendarmes ne me trouveront pas. Personne, sauf toi et Dorothéa, ne sait que je suis ici.

— Dorothéa ne dira rien, mais je crains que les gendarmes vous trouvent.

— S'ils me trouvent, je saurai les recevoir. »

Memmu regarda le fusil que je lui montrais, hocha la tête, me serra la main et partit. Je n'allais pas le revoir avant des mois. Il fut démobilisé après la défaite de 40. De retour à Zigliaro, il vint aussitôt me trouver. « Ils ne nous ont même pas laissé le temps de faire la guerre », dit-il.

J'avais été considéré comme déserteur, mais personne n'était venu me chercher. Après la défaite, on ne songea pas davantage à me poursuivre. Je ne fus pas inquiété et l'on m'assura que je ne le serais pas. Je compris alors que la défaite était un désastre bien plus grand que je ne l'avais imaginé.

Durant l'été 40, des familles entières, venues du continent, rentrèrent à Zigliaro. Le village ne fut jamais aussi peuplé qu'en ces années 40 et 41, avant l'occupation italienne. Après la joie des retrouvailles, des conflits éclatèrent : il fallait se procurer de la nourriture, les temps étaient difficiles, on ne trouvait pas de travail et les maisons étaient trop petites pour contenir tout ce monde.

Je laissai une partie du jardin de Torra nera, qui était en friche, à deux ou trois familles pour qu'elles cultivent un potager. Memmu voyait cela d'un mauvais œil : il ne se sentait plus maître chez lui, craignait que l'on ne puisse plus les chasser. Il n'eut pas à s'inquiéter long-temps. Quand le bruit de l'occupation italienne se répandit, le village se vida comme il s'était rempli.

En quelques jours, on vit hommes, femmes et enfants s'entasser avec valises et cartons dans l'autocar qui les conduisait à Ajaccio. Certains partaient à pied ou à dos d'âne dans l'espoir d'embarquer pour Nice ou Marseille. Ils ren-traient chez eux où rien ne les attendait, mais personne ne les retint. Sans oser le dire, la plu-part de ceux de Zigliaro pensaient que les Italiens ne pouvaient pas être pires. Ils se trom-paient : les Italiens ne faisaient pas partie de la famille.

Au début de l'année 41, je m'installai à Ajaccio. Je renouai avec mes anciens amis, m'en fis de nouveaux. L'heure n'était pas à la gaieté, mais nous eûmes du bon temps. Nous sortions tous les soirs. Nous étions en zone libre et n'avions aucune idée de ce qui se passait sur le continent; les journaux mentaient, tout le monde mentait.

Je n'étais pas à Ajaccio quand les Italiens ont débarqué. C'est peu après leur arrivée que j'ai revu Caterina. Je savais qu'elle vivait séparée de son mari, Luc Fornarini. Je l'avais rencontrée par hasard et avais failli ne pas la reconnaître. Elle avait coupé ses cheveux : ils étaient plus foncés et cuivrés comme de l'or ; son visage était hâlé par le soleil. Je l'invitai à boire un verre à la terrasse d'un café. Caterina portait toujours son alliance.

« Luc a été chic avec moi », dit-elle.

Nous avons parlé de la guerre. Caterina ne supportait pas les Italiens, « mais les Allemands sont pires. Ils me font peur », dit-elle. Son regard était grave, empreint d'une mélancolie que je ne lui avais jamais connue.

Nous nous revîmes souvent. J'essayai de vivre comme si les Italiens n'étaient pas là, mais s'il m'arrivait de les croiser au détour d'une rue, à l'improviste, je ne pouvais m'empêcher de changer de trottoir. J'entendais des injures sur leur passage. Les Italiens les ignoraient, mais l'on sentait que ça ne pouvait pas durer longtemps.

Caterina me reprochait de ne pas m'engager davantage, de ne pas prendre parti. Je n'acceptais pas qu'elle me juge ; je me mettais en colère. Nous prîmes l'habitude d'éviter le sujet pour ne pas nous quereller.

Parfois, Caterina disparaissait plusieurs jours ; elle ne me disait pas ce qu'elle faisait et je ne le lui demandais pas. Elle fut repérée ou peut-être dénoncée. En ces temps-là, la délation était monnaie courante. Des amis me prévinrent que Caterina devait être arrêtée. Je courus chez elle et l'emmenai à Foscolo.

Les Italiens avaient traversé Zigliaro sans s'y arrêter. Le village n'était pas situé à un point stratégique et ils avaient préféré s'installer à Mincu où ils avaient vue sur toute la vallée. J'avertis Memmu de mon retour à Foscolo avec Caterina. Quelques mois auparavant, Dorothéa avait vendu la maison d'Agnès que je lui avais donnée et avait quitté le village.

Je partageais alors mon temps entre Zigliaro et Ajaccio et rejoignais Caterina dès que je pouvais. Elle se reposait à Foscolo de l'inquiétude où elle avait vécu les mois précédents. Elle laissa pousser ses cheveux. Je la retrouvai telle qu'elle était avant la guerre. C'était l'été. Caterina allait souvent se baigner à la rivière.

Quand la Corse fut libérée, Caterina, dont la réclusion forcée à Foscolo avait émoussé l'enthousiasme guerrier, ne s'opposa que pour la forme à ma décision de ne pas rejoindre l'armée de Lattre. Je crois même qu'elle s'en réjouit secrètement.

Memmu était toujours résolu à partir. J'essayai en vain de le convaincre de rester. Je me rappelle notre dernière soirée. Nous étions seuls. Memmu me parla de Torra nera, de son père et du mien, du jardin, de la joie qu'il avait de monter à cheval. Il savait que tout cela lui manquerait, surtout à certaines heures, mais un homme doit faire la guerre, dit-il. Memmu me regarda, se reprit et dit : « Vous, c'est différent. D'une certaine façon, la guerre, vous l'avez déjà faite. »

Je haussai les épaules.

« Monsieur Mattéo, dit Memmu, si jamais je mourais à la guerre, promettez-moi de planter un arbre près de la tombe d'Antoinette. Ce sera comme si j'y étais enterré et, si on m'en laisse le temps, je penserai à cet arbre avant de mourir et je mourrai content.

— Tu ne mourras pas, Memmu. Tu reviendras.

— Si je ne reviens pas, vous le planterez cet arbre ?

— Oui, dis-je.

— Bon. Alors je pars tranquille », dit Memmu.

Le lendemain, j'étais levé avant l'aube. J'allai à la cuisine et préparai du café. J'entendis le portail du jardin s'ouvrir et le bruit des grosses chaussures ferrées des frères Silvari qui venaient chercher Memmu. Ils frappèrent à sa porte et Memmu sortit aussitôt. Je les appelai à voix basse et les invitai à prendre une tasse de café. Ils restèrent sur le pas de la porte. Je donnai à Memmu une fiasque qui avait appartenu à mon père ; il la reconnut et hésita avant de la prendre, puis il la glissa dans la poche intérieure de sa veste et referma le bouton. Il me tendit sa grosse main et je le serrai contre moi.

« Au revoir, monsieur Mattéo », dit-il.

Je les regardai partir. Il ne faisait pas encore jour. Memmu ne se retourna pas.

En écrivant ces pages, j'ai parfois l'impression de raconter l'histoire d'un autre ou même de l'inventer. Je jouis de ces impressions dans le secret, comme jadis, quand je contemplais les collections de mon père.

Je suis devenu étranger à celui que j'étais alors. Il ne reste rien du monde que j'ai connu dans ma jeunesse. La plupart de mes amis sont morts. Beaucoup ont fui cette île pour trouver sur le continent une vie meilleure. Elle n'était pas meilleure, mais aussi triste et misérable, sauf qu'ici, ils connaissaient les pierres des chemins, le nom des lieux, les endroits poissonneux de la rivière, le nom de leurs voisins et de toute leur parentèle et savaient ce que la couleur d'un ciel veut dire. Mais cette science, je ne suis plus sûr moi-même de la posséder. Je pense parfois à Agnès, à Memmu, à Marcu Silverelli, le vieux mazzeru. Que reste-t-il de cette parole, de cette vie ? Que reste-t-il de nous autres ?

Longtemps, j'ai regretté l'époque où je m'abandonnais à ces étranges rêveries et le rendez-vous de chasse de Foscolo, qui n'existe plus. J'avais la nostalgie de cet asile où Agnès passait me voir et où Lisa Zanetti était venue me trouver alors que le jour n'était pas encore levé. Qu'est-elle devenue ? Je l'ignore. Elle et son mari ne sont plus jamais revenus à Zigliaro.

On disait que Petru Zanetti s'était enrichi grâce à des trafics ; il avait dû fuir Marseille et se réfugier en Suisse. On disait aussi que Lisa l'avait quitté et vivait en Espagne. Les gens inventaient sur eux toutes sortes d'histoires. La signora Irena, pour faire taire les rumeurs, finit par dire que les gens étaient jaloux de la situation de son fils ; il avait dû s'installer à Paris. « Tout le monde, avait-elle ajouté, n'a pas la chance de Mattéo Moncale, ni celle de son père. »

Je ne lui en voulus pas. Ni mon père ni moi n'avions fait la guerre. En un sens, la signora Irena avait raison. Nous avions eu de la chance.

Plus tard, nous apprîmes que Lisa et Petru avaient eu un fils. La signora Irena montrait à ses amies des photographies de l'enfant. Elle se promettait chaque année d'aller le voir, mais disait ne pas avoir le courage de laisser sa maison, et elle est morte sans avoir connu son petit-fils, ni avoir revu son fils. Bien qu'elle l'eût réclamé sur son lit de mort, Petru n'est pas venu. Il n'est pas venu non plus à son enterrement. Petru et Lisa Zanetti avaient disparu un beau jour d'été et nous ne les avons plus jamais revus. C'était comme s'ils n'avaient jamais existé.

Après la guerre, je m'installai à Torra nera. J'épousai Caterina. Nous n'avons pas eu d'enfant.

Ainsi la prédiction qu'avait faite Lisa Zanetti à Foscolo s'est-elle réalisée : ma lignée finira avec moi. Je n'en ai pas de regret. Caterina, qui est franche en tout, m'a assuré ne pas en avoir non plus : « Nous nous suffisons à nous-mêmes », a-t-elle dit.

Je ne cherchai pas à remplacer Memmu. Pendant des années, ce fut une femme du village qui nous servit à Torra nera. Aujourd'hui, c'est une famille arabe qui occupe la maison de garde. Ali entretient le jardin et sa femme prépare les repas. L'été, quand il nous arrive de recevoir des amis, la femme se fait aider par ses filles. Je les entends rire dans la cuisine. Cette gaieté n'aurait pas déplu à Memmu.

À la fin des années cinquante, je rachetai Goloso à la signora Irena. Je fis restaurer les jardins en terrasse, consolider les murs en pierre sèche, relever ceux qui s'étaient effondrés lors des orages d'octobre 38 et planter une cinquantaine d'orangers.

Mon seul luxe alors était ma bibliothèque et cette orangeraie. J'oubliai les mazzeri, la chasse de nuit du printemps. Je ne rêvais plus, n'allai plus jamais à la chasse et ne pris pas soin d'entretenir la châtaigneraie de Foscolo. Par un été de grande sécheresse, le feu la dévasta et le rendez-vous de chasse fut détruit. Je n'ai jamais eu le courage de le faire reconstruire.

J'enrage pourtant de voir Zigliaro défiguré.

Des maisons se sont effondrées; d'autres ont été vendues, d'autres encore restaurées, selon la mode étrange de peindre les volets d'un bleu criard. À l'entrée du village, on a bâti un immeuble de trois étages. Il devait abriter la mairie et la poste; faute d'argent, il est resté inachevé. Je ne me prive pas de faire savoir mon mécontentement. Le maire ne cache pas son mépris pour moi. C'est un communiste qui a fait la guerre. Je n'ai rien contre les communistes, mais je ne les comprends pas. Beaucoup de mes amis les détestent. Le grand malheur de ma vie aura sans doute été de n'être jamais parvenu à détester personne. Sauf Petru Zanetti, mais il y a longtemps.

Comme les élections approchent, on me presse de faire de la politique. Certains m'appellent sgiò Mattéo, comme l'on appelait autrefois mon père sgiò Louis. Tout le monde a oublié que j'étais mazzeru.

« On fait appel aux vieilles familles pour garantir l'ordre ancien », m'a dit Paul Andréani, qui a repris l'étude de son père à Ajaccio, et m'encourage, lui aussi, comme jadis la tante Nunzia, à « reprendre mon rang ».

Qu'attendent-ils de moi? Que je sois le dernier des seigneurs de Zigliaro? Je régnerai sur un désert, les projets seront repoussés d'une saison à l'autre et nous sommes si peu nombreux que nous nous satisferons de peu et je finirai moi aussi par être dupe? Au soir de ma vie, je ne sais

que faire. J'ai demandé conseil à Caterina :
« Passons une journée à la plage, dit-elle. Nous
verrons ensuite. »

De la mer, je ne connaissais que le port
d'Ajaccio et ses voiliers, et cela me suffisait. Je lui
ai toujours préféré le village, Foscolo et ses bois.
Je le dis à Caterina.

« Je vais te faire découvrir un endroit où j'ai
passé mon enfance, dit Caterina. Nous étions
une bande de garçons et de filles du même quar-
tier. C'était notre crique. J'y ai nagé et plongé
durant des heures. Nous ramassions des oursins,
des coquillages. C'était le paradis. Tu verras,
Mattéo, tu ne seras pas déçu.

— Crois-tu que ce soit une bonne idée de
retourner aux lieux de son enfance ? » dis-je.

Caterina ne répondit pas. Son visage s'as-
sombrit.

« Si tu y tiens vraiment..., dis-je. Quand veux-
tu y aller ?

— Demain », dit Caterina.

Je mis une bouteille de vin blanc à rafraîchir
dans de la glace ; au matin, je l'entourai de journaux pour qu'elle ne perde pas sa fraîcheur,
j'emportai des canistrelli[1], des fruits et, à l'aube,
nous nous mîmes en route. Ali nous mena en
voiture jusqu'à la route qui conduit à la plage, à
une bonne dizaine de kilomètres d'Ajaccio.

---

1. Biscuits secs.

« Comment faisiez-vous pour venir jusqu'ici?

— Les gens nous connaissaient, dit Caterina. Ils nous voyaient tous les jours. Des paysans s'arrêtaient; nous grimpions sur les charrettes. Nous faisions rarement la route à pied. Cinq à six kilomètres, tout au plus. Nous n'étions jamais fatigués. Nous nagions toute la journée et le lendemain, nous recommencions. »

Je me tus. Caterina regarda autour d'elle.

« Nous étions heureux, dit-elle.

— Tu ne l'es plus?

— Je voulais dire : innocents. Pourvu que nous ne rencontrions personne... Enfin, il est encore tôt dans la saison, on ne peut rejoindre cette plage qu'à pied; même en plein été, peu de gens s'y aventurent.

— Qu'en sais-tu?

— J'y suis retournée l'année dernière, sans te le dire. »

Je donnai rendez-vous à Ali en fin d'après-midi, entre cinq et six heures, et nous nous engageâmes dans le petit chemin qui mène à la plage.

Il n'était pas entretenu. C'était un sentier de terre étroit et sinueux, envahi de maquis et de ronces. Nous descendîmes lentement vers la mer. Il n'y avait pas un souffle de vent. L'eau était transparente. Nous apercevions les rochers ocre qui affleuraient au fil de l'eau. La crique, comme une conque qui se refermait sur elle-même, de loin, paraissait rose. De grands pins la bordaient.

« C'est beau », dis-je.

Je m'arrêtai un instant.

« Qu'as-tu ? dit Caterina.

— Je ne suis jamais allé à la plage. Je ne sais pas nager. Je n'ai jamais été attiré par la mer. Il me semble la voir pour la première fois.

— J'aimerais être à ta place, retrouver l'émerveillement qui fut le mien quand nous avons découvert cette plage. Je me souviens de m'être dit que c'était le plus bel endroit du monde.

— Le monde est vaste et nous ne le connaissons pas. Nous sommes aveugles.

— Allons-y, dit Caterina. Ne perdons pas de temps. J'ai envie de me baigner. »

Le soleil était déjà haut dans le ciel quand nous arrivâmes. Le vent s'était levé. La couleur de la mer avait foncé. La plage était déserte. Caterina se déshabilla, mit un costume de bain rouge vif.

« Je vais nager, dit-elle.

— Ne sois pas trop longue. La mer est mauvaise. »

Caterina haussa les épaules. Je la suivis du regard. Elle entra dans l'eau sans hésiter. Je m'allongeai sur le sable. Il faisait chaud. J'ôtai ma chemise. Je ne sais combien de temps je restai ainsi, jouissant du soleil et du silence. Je songeai tout à coup que Caterina était partie depuis un long moment. Je m'approchai du bord. Je regardai au loin, ne la vis pas. Je mis mes mains en porte-voix et appelai, mais le fracas des vagues emplissait l'air ; j'étais comme étourdi par cette rumeur qui, seule, semblait répondre à ma voix. Enfin, je vis Caterina ; elle me fit signe et, un moment après, me rejoignit sur la plage. Elle se pencha vers moi et m'embrassa. Ses lèvres avaient le goût du sel.

Je servis le vin blanc.

« Tu vas te présenter aux élections ? dit Caterina.

— Non, j'y renonce. Je ne déteste pas qu'on m'appelle sgiò Mattéo mais, ce matin, j'ai découvert une île toute différente de celle que j'ai toujours connue. Je vois ses limites. J'ai envie de les franchir.

— Toi qui n'aimes pas quitter Zigliaro même pour te rendre à Ajaccio, tu as envie de prendre le large ?

— Oui. Je me demande comment j'ai pu vivre si près de la mer et l'ignorer. Si on louait un bateau et son équipage ? L'été approche. Nous naviguerons le temps qu'il nous plaira...

— Mais tu ne sais rien de la vie en mer !

— Je m'habituerai à la vie en mer. J'ai besoin de m'éprouver au moins une fois dans ma vie.

— Que changera une navigation à toute une vie ? Il ne suffit pas de partir pour se connaître.

— Je ne cherche pas à me connaître, mais à connaître cet exil que j'ai toujours méprisé.

196

« — L'exil! C'est un bien grand mot pour une croisière.

— Nous referons le voyage d'Ulysse, veux-tu?

— Je serai Circé?

— Ni Circé ni Pénélope.

— Nous jouerons donc à mener une vie aventureuse, sans grand danger, je le crains.

— Nous jouerons à ce que tu voudras.

— Il faudra revenir.

— Il faut d'abord partir.

— Sers-moi à boire, s'il te plaît.

— Allons nous baigner, dit Caterina. Nous finirons la bouteille de vin tout à l'heure. »

Nous nous sommes assoupis.

« Mattéo, Mattéo, dit Caterina à voix basse, quand tu es parti, tu m'as brisé le cœur. »

J'ouvris les yeux. Caterina se serra contre moi.

« Qui était cette femme? Tu peux me le dire maintenant.

— Il n'y a jamais eu d'autre femme.

— Mattéo, je t'en prie...

— C'est fini. Toutes ces choses sont passées. Ne parlons plus. Dors. »

C'est le froid qui nous a réveillés. Au loin, Ajaccio s'illuminait déjà. Les lumières de la ville se reflétaient dans la mer. Les montagnes bleuissaient.

« Il est tard », dit Caterina.

Le vent était tombé et l'on entendait le bruit léger du ressac. Un air me revint à la mémoire : « Ah ! sans amour, s'en aller sur la mer ! » Ce serait avec amour que, bientôt, avec Caterina, je partirais.

DU MÊME AUTEUR

Aux Éditions Gallimard

LES FEMMES DE SAN STEFANO, *roman*, 1995. Prix François
   Mauriac.

LA CHAMBRE DES DÉFUNTS, *roman*, 1999.

LA FUITE AUX AGRIATES, *roman*, 2000 (« Folio », n° 3713).

LE PARADOXE DE L'ORDRE, essai sur l'œuvre romanesque de
   Michel Mohrt, 2002 (« hors-série Connaissance »).

LA PRINCESSE DE MANTOUE, *roman*, 2002 (« Folio », n° 4020).
   Grand Prix du roman de l'Académie française.

LA CHASSE DE NUIT, *roman*, 2004 (« Folio », n° 4289). Prix du livre
   de la collectivité territoriale de Corse, Grand Prix des lecteurs de
   Corse.

COLLECTION FOLIO

Composition CMB Graphic
Impression Maury
à Malesherbes, le 25 octobre 2005
Dépôt légal : octobre 2005
Numéro d'imprimeur : 117216

ISBN 2-07-031900-8./Imprimé en France.